本书读者如是说——

这是本简单的可爱的直白的真实的靠谱的家庭幸福书！

_妞娃

这是让我可以从第一页到最后一页一直不愿停下来的文字，情感自然流露，特别轻松俏皮，特别真诚舒服。

_远上

为人父母、为人儿女当看的一本好书，是当下浮躁的环境里难得一见的一杯静心茶，让人自始至终怀着愉快心情阅读的处世读本！

_小瓜

很有意思的一家子，一种幸福，感动。故事虽短，内容却充实，文笔幽默，道出了一家人美好的相处，弥漫着一股幸福的味道。不禁让人有股冲动想把自己家人生活中的点点滴滴也记录下来。

_wakana10

向这位成功的爸爸致敬！不得不说，作者对生活的观察如此之丰富，不仅记录了儿子成长的每一个精彩的瞬间，还从中反省自己。

_Sissi_xixi

往下看，发现其实我已经在观摩一个家庭的生活方式，整个文章读下来，我觉得轻松愉悦。但是里面的道理也很多，教育、人与人的相处、思考方式等等。所以我最近总是跟周围人推荐这本书。真的是一本好书。

_猫二

嗯。有趣温情的小书。教育从来都不是简单的事情，也没有"标准答案"。我们最终在成为的，都只是自己而已。交给命运吧。嗯。这多美好的一个家庭，多美好的小生命，多美好的生命延续。

_清酒

让人觉得很美好的一本书。淡淡的温馨，小小的故事。看着猫一点点的长大过程中的大小事，看着逗草相知相恋的辗转，看着似乎是逗的成长回忆外加猫的感悟，突然觉得岁月静好，似乎再大的困难也阻挡不了幸福的蔓延，心自然而然地就平静了下来，然后会心一笑。

这真是一个很棒的故事，一个很棒的家庭呢。

_ 想疯的喜喜

读至三分之一时，这家人仿佛已成为身边的朋友。亲切之余，若干或引人深思或令人叫绝的段落更让我生出几分激赏。

_ 原罪现场

最好的教育来自家庭。我即将是一个学前教育工作者，深知道一个家庭对孩子成长的影响，中国的家长大多数给予孩子太多，一切都包办。真希望这本书可以让更多的家长看到。

_ 时光影者

不刻意让他学，也不刻意让他不学，只给他爱。尊重孩子的个性，以一个平等的角度。孩子不是父母的财产，他们是独立的个体，每个人生来也有自己的使命。所以，作为父母的，只能给他爱，理智地去爱，让他能有安全感，来面对这个世界的变化。

_ 小宇宙

孩子的成长过程中或许和爸爸交流的机会和时间会很少，但是爸爸给予孩子尤其是男孩子的影响却是巨大的，为了我们的未来的太阳和希望越来越顶天立地，请爸爸给孩子和家庭更多的爱和时间。

_ 小白

用爱做线索，教育孩子的同时也教育了自己，插科打诨的一百来页，还满满地装着那种国人家长普遍缺失的一种对孩子的信任——其实他们有足够的勇气和智慧去面对这个世界。但是千万不要当成培养指南哦，因为并不是每个家长都真正做好了这样教育孩子的准备。

_ fengganluobo

强烈建议父母们都读读这本书。孩子不是负担，他们是上帝赐的礼物，他们会调皮，叛逆，但是没有他们，生活就没那么多乐趣和幸福的瞬间。

_ Alice Yu

觉得满满有独立思考的优点，这个是很可贵的。作者是个很好的父亲。

读完感觉好温馨。怎么有种要孩子的冲动呢，汗……

_破破陈

作为一个七个月小男孩的妈妈，我非常喜欢和羡慕作者和儿子"猫"相处的方式。现在都是独生子女，每个父母当家长的同时也是和孩子同学习同进步同成长的过程，因为没有经验只能一步步地摸索着前进，至于方式是否合适也只有时间来验证了！

_att0316

除了感情，没有拖沓一字，除了灵魂不带一丝琐碎，和平年代造就平和的心，淡雅，素洁，好干净的文字！

_三寸

有趣的父母和祖父母，也会有好玩的下一代。

_ushuz

挺好的，很接地气，很生活，很实在，很有意思。

_想想如果世界

我儿子的枕边书必是这本。可是我也不能逼迫他去读任何一本书。人生，苦难，挫折，都是他自己的，我能给的唯有爱。对你们，我也一样。

_念念.Mithing

无论这一代，还是下一代，每代人总有各自的忧伤和希望，不必过多强求，很多时候顺其自然，希望能够有这个境界。只是，父母的言行真心会影响孩子日后所有的成长。

_effiehappy

挺好的一本书！作者是一位有责任心的好爸爸！很适合不同年龄的人去读，用心读！会收获不少东西！值得一看！

_拉轰的小裤衩

像期待已久的午后甜点，幽默轻松又不乏深刻，做为一个准妈妈，你让我对未来多了一些期待，少了一些惧怕。

_Fiona

内容比书名要有趣得多，前两篇都是温暖的生活哲学，不说教，可是又默默地摆出态度。我好想嫁给邱敢呢。

_ 不靠谱小姐

这本书非常值得年轻父母一看，虽然不是通篇在说教育，说的却是为人父母的心声，尤其是最后的放下，是最难做到的。

_ judy

那种稠而不粘的家庭关系、父子关系，让我觉得那是世界上最生动的一场际遇。

_ silence

教育是一个漫长的话题，庆幸的是，爱也是。

_ 叨叨

强大的读物，我从这本书中理解到了什么是好的家庭教育，它让我想起了童年与即将逝去的青春。

_ Ice

写得这么感人，处处是泪点，真希望能有更多人看到。

_ 祝英台与海菲兹

必须转！看着晓天老师的文字再次落泪。我幼时托管的人家也有个对我巴心巴肠的保保，很早去世。来不及让我长大懂事后缅怀。

_ 蝶 333

不看忍不住，看完舍不得。

_ 苏恩禾

我一直以为王老师的名字非常霸气：通晓天下。原来却是那么地简单有爱。和睦的家庭来自于教养的传承，无私的付出终会有回报，包括爱。

_ 没才 call 柔

天晓得

邱小石 王晓天 著

中华书局

图书在版编目(CIP)数据

天晓得/邱小石,王晓天著. —北京:中华书局,2014.8
ISBN 978 - 7 - 101 - 10104 - 1

Ⅰ.天… Ⅱ.①邱…②王… Ⅲ.随笔 - 作品集 - 中国 - 当
代 Ⅳ.I267.1

中国版本图书馆 CIP 数据核字(2014)第 075013 号

书 名	天晓得
著 者	邱小石 王晓天
责任编辑	何 龙
出版发行	中华书局
	(北京市丰台区太平桥西里 38 号 100073)
	http://www.zhbc.com.cn
	E-mail:zhbc@zhbc.com.cn
印 刷	北京市白帆印务有限公司
版 次	2014 年 8 月北京第 1 版
	2014 年 8 月北京第 1 次印刷
规 格	开本/787×1092 毫米 1/32
	印张 8⅛ 插页1 字数 100 千字
印 数	1 - 10000 册
国际书号	ISBN 978 - 7 - 101 - 10104 - 1
定 价	26.00 元

目录

A _ 逗猫惹草

"逗猫惹草"是一家。

爸爸是"逗",用四川话说,是一个"讽讽"。

"草"是妈妈,因为名字里面有一个"丛"字。

儿子属虎,所以称为"猫"。

"逗"还梦想要一个女儿,那就是"惹"。

✈ 输赢 _

晚上逗带着四岁的猫在小区里玩耍。

猫不知道为什么和在小区里一个同龄小朋友争论起来。

逗问猫："你不喜欢他么？"

"我吵不过他，我就不喜欢他！"

"如果你吵过他了呢？"

"如果我吵过了他，他就不喜欢我了！"

✈ 长城脚下的公社 _

一中午在看得到青山中蜿蜒长城的某会所就高雅的餐。

猫把桌子上的盐瓶倒在桌子上，以验证是盐。

服务小姐开玩笑说：你调皮就把你押在这里！

猫一惊：不行，押爷爷！

出了公社，猫说：

爷爷，你就押这里啊，给你自由！

爷爷，你不是喜欢自由吗？

爷爷，你留在这里，想干什么就干什么，多自由啊！

想让小姐干什么就干什么！

（空气顿时凝结。）

大家都有点紧张，奶奶更紧张。

猫继续说：

想让小姐拿菜就拿菜，想让小姐倒水就倒水，想让小姐倒咖啡就倒咖啡！

灵魂 _

猫在阳台上跳。

奶奶担忧地说："小心点啊，你要是跳下去我也就没命了啊！"

猫说："我跳下去是我没命了啊！怎么会是你没命了呢？难道你是我的灵魂？"

逻辑 _

在小区里，猫碰见一位小弟弟。

猫问："你属什么的呀？"

小弟弟回答："我属兔！"

猫说："那我叫你流氓兔！"

猫指着逗对那个小弟弟说："这是我爸，属野猪！"

承诺 _

周末游北戴河，晚饭在秦皇岛吃。吃得很香的逗高兴地对猫说：吃完我们看电影去。

秦皇岛外环正在修建，找电影院的逗迷了路，几经折返，决定回北戴河找电影院。回北戴河的路上，兴奋了一天的猫在车上睡着了，于是决定回宾馆。
到了宾馆，猫睡眼惺忪地爬起来，没看见电影院便
开始大哭，指责逗欺骗他，说话不算数。逗拼命解
释不得要领，只好问前台哪儿有电影院。服务小姐
指了一个影视城，遂驱车前往。

到了才发现，那就是一荒芜的拍摄电影的基地。问
路边数人，答案都是"北戴河没有电影院"。猫的
哭嚎重新开始。草也指责逗"不调查好，就乱承
诺"。逗蹲下再次跟猫苦口婆心，猫左一句你骗我
右一句你骗我，刺痛逗的心……这样那样，承认错
误，下次改正，并非有意，求得谅解，好久好久，
逗诚恳的态度终于让猫停下了呼叫，逐渐地，彼此
重归友好。

回宾馆睡觉前，猫牵着逗的手，对逗说：

"爸爸，知道刚才你劝我的时候我在想什么吗？"

"不知道呀，你想什么？"

"我有点同情你！"

美之标准

猫说，长大了我要找一个漂亮的老婆。

逗问，多漂亮？

猫答，目前为止，全国各地，就是奶奶。

隐私 _

逗带猫去踢球。

教练问猫：你妈妈怎么没来啊？

猫抬手指着逗说：

他老婆的事情，我怎么知道？

比什么比 _

球赛前，

猫问逗：北京有可能战胜皇马么？

逗说：不可能。

猫追问：肯定么？

逗说：肯定。

猫不死心：会不会有奇迹呢？

逗说：不会。

猫嚷：那还比什么比！

整齐 _

"猫，不要乱扔你的鞋，把你的鞋子放到鞋柜好吗？"

"绝对不是我放这里的，我放不了那么整齐。"

漫长的过程 _

爷爷走过去跟奶奶坐在一起。

猫站起来让开，说：

"你们谈恋爱嘛。"

奶奶说："哎呀，老夫老妻的了，还谈什么恋爱啊！"
猫说："恋爱是一个很长的阶段！"

无题

草问猫："看看妈妈，觉得漂亮不？"
猫回答："哎，我没时间。"

没算好

猫说，长大了自己买的房子要有五间，爷爷奶奶一间，外公外婆一间，爸爸妈妈一间，自己一间，老婆一间。
逗问：为啥你和你老婆各一间？四间不就够了么？
猫说：万一离了婚，分她一间。
逗说：你不懂，离婚要分两间半。

谁更疼

草跟猫剪脚趾甲。猫乱动。
草急：别动啊，剪着肉到底谁疼啊？
猫说：我脚疼，你心疼。

生不如死

猫每天要弹琴，要踢球，要看球，还要下围棋，还要下象棋，还要打 PS2，一样都不想放弃。
草忍不住说：你忙不忙得过来哦！

猫说：真是生不如死。

吃豆腐 _

奶拿衣服去学校跟猫换。

猫放学回来说：

我今天换衣服被好多女人看了！

断背山 _

在红领巾公园划船。

微风拂面，轻波荡漾，心旷神怡。

岸上两人恋得火烧，

翻过去背过来，

逗和猫看得着实兴奋。

正开心得合不拢嘴，猫突然瞪大了眼睛，大叫：

"都是男的！"

猫体诗 _

《眷恋》

老婆和老公，

眷恋不眷恋，

那就要看

他们的感情好还是不好，

感情好，就眷恋，

感情不好，就不眷恋。

《老外》
老外有男有女，
是男是女，
那就要看
他们的妈妈生的是男的还是女的，
生的男的，就是男的，
生的女的，就是女的。

《奶奶》
奶奶，
有漂亮的奶奶和不漂亮的奶奶，
奶奶漂不漂亮，
那就要看
是不是我的奶奶那类型的，
是，就漂亮，
不是，就不漂亮。

雷锋

猫说：啊，3 月 5 日，雷锋的纪念日。

逗问：你知道雷锋是谁啊？

猫说：就是被杆砸死那个！

逗问：啊！谁告诉你的呀？

猫说：老师。

逗问：老师就没说点雷锋别的？

猫说：说了呀!

逗问：还说了什么？

猫说：忘了，复杂，说不清楚。

逗要求：你就试着说点，试试!

猫来了劲：那个车要过电线杆，雷锋就下来指挥，我觉得那司机根本就不会开车!

一半

猫耍性子。

奶奶教育：听人劝，得一半。

猫答：一半跟一半一样多，我要另一半。

早熟

逗玩 PS2 角色扮演。

女主角可以换衣服、裤子、鞋、耳环、发型。

猫躺在床上观看。

女主角又换衣服。

猫说："脱，脱，脱了看看有什么？"

舍得

假期，大好的早晨。

草叫猫："该读英语了吧。"

猫答："你好不容易有个儿子，别逼呀! 啊？! 你舍得吗？! "

制度

猫回家告诉奶奶："奶奶，报告你一个好消息，我每天可以多睡一会了！"

为啥呢？

猫别的事情有些漫不经心，但有一件事特别认真，就是每天早晨六点必定准时起床，

再冷的天，再没睡醒，也一骨碌翻起来，迅速穿衣洗脸，催着叫着喊着去学校，如果确实困，没被闹铃叫醒，错过了一分钟，也会拉长声音责怪爷爷：为什么不准时叫我！

学校就在家对面，六点半还有很多小朋友在梦乡的时候，猫已经在课桌前坐下来，一个人待在教室里，念书写字并且义务分发作业本了。

一年来，猫就像有强迫症，每天都是到学校的第一个学生。

学校七点二十分吃早饭，同学们才陆续到来。

大家都试图劝说猫：

不用那么早起来。

多睡一会啊。

但猫多有主见啊。

奶奶实在没办法了，偷偷找到校长。

于是校长在学校宣布一个制度：

七点之前不准到学校。

管得太多了

气温回升。奶奶说：

"3 月 15 日，国家规定的供暖日期就到了。"

猫说：

"我靠，国家管得太多了！"

优点

逗对猫说：跟我说说你妈妈的优点。

猫想了一会，说：

"反正是我妈！"

后悔不好

周六有小朋友到家玩，猫拒绝了和逗一块儿去踢球。

逗踢球回来，告诉猫：奇奇（逗球友的孩子，是猫的好朋友）也去了，你没去真可惜。

猫说：说了有什么用吗？过了的事又不能改变。

占便宜

周日下午，因与同学约玩的时间问题，猫在家发脾气。

后来发展成用木棒打人，踢板凳。

面对哭闹不止的猫，草说，我们都没打过你，你还要打人。

猫说：你是你，我是我。你们不占这个便宜，我要占！

无事生非 _
猫高烧在家休息，
逗回家直抵床头躬身抚摸猫的额头，
猫抬起拳头往逗下身要害砸去。
一旁的奶奶惊呼：要不得！
猫拳头空中停住，回头对奶奶说：吓他的！

长回去 _
草和猫闲聊。
草说，逗在你这么大时就在洗碗了。
猫说，那他现在为啥不洗了？
草还没来得及说点啥，
猫说：他越长越回去了！

退步日记 _
3月9日——今天玩空竹玩得很开心。
3月12日——五光十色　风光秀丽　点点灯光
群山环绕　太阳高照　名胜古迹　树木茂盛　隐隐
约约
3月13日——今天作业写得非常快我很高兴。
3月14日——今天我玩气球玩得很开心。
3月20日——今天我的心情十分好。

3 月 22 日——今天我听说冬天要是吃了太多虾会流很多血。家长会告法院的，青青分校会被拆了。

3 月 23 日——今天我非常高兴，因为下午踢球让我高兴。

3 月 24 日——今天有围棋课我很高兴。

3 月 27 日——今天又是周一，我觉得时间过得太快了!

进步 _

猫周末在学校围棋班学围棋，
同学都不是他的对手。
逗说：你应该和老师下，棋才会进步。
猫说：老师说，同学和我下他们才会进步。

单亲 _

草上课去了，逗独自带猫去看马戏。
逗跟草发短信："一个人带儿子到公园玩，像是离了婚的人。"
草回信："那会儿俺还一个人去医院做孕检呢！"

经济意识 _

猫玩很多溜溜球，什么冲击波，什么冰裂，什么速度之魔，什么极速飞鹰，乱七八糟的花样。

逗看这些都差不多，问猫："这有什么差别？"
猫说："价钱不一样！"

猫开始劳动，草承诺倒一次垃圾一块钱。
假日，草还在睡觉，奶奶让猫倒垃圾，
猫说："等妈妈起床再倒！"

逗跟猫说："给你生个妹妹，你负责看她，一天一
块钱，一个月三十元！"
猫疑问："那个月是三十一天呢？"

✐ 心理测试

邱敢同学：
这次你的心理测试分数在 11 分以下，
这说明你平时非常善于交际，你的伙伴非常爱你，
你总是面带笑容，为别人考虑的比为自己考虑的要多，
朋友们为有你这样的朋友而感到幸运。
逗看完，把猫叫过来，问："为别人考虑的比为自
己考虑的要多，是这样么？"
猫想了想，说："在学校是，在家里不是。"

✐ 脏话

猫玩溜溜球起劲，口中念念有词，
逗仔细听，发现居然是"我操！""我操！"

逗急："嘿，怎么说脏话呢？你！"

猫一脸冤屈："我说的不是你，我说的是溜溜球！"

预算 _

猫问逗："明天我的生日礼物不能超过多少钱？"

逗说："问你妈妈！"

猫进里屋："妈，明天我的生日礼物不能超过多少钱？"

草说："问你爸爸，你爸定！"

猫出来："爸！妈说你定！"

逗说："还是问你妈吧，她定！"

猫又进里屋，草说："问你爸呀！"

猫急，大叫："哎呀！怎么回事啊，别老让我走来走去的呀！"

代替别人思考是不智的行为 _

一个猫的女同学跑来跟草诉说猫不喜欢她。

草说："不会吧，他说都是他的好朋友啊！"

女同学高兴地跑去找猫：

"你妈妈说你喜欢我呢！"

猫着急地跑来找草：

"我确实不喜欢她呀！"

懒人

猫和爷爷游完泳回家路上。

爷爷说："你自己的东西自己拿呀！"

猫说："我都是你的，你背我！"

赌球

逗和猫赌球，一元钱。

逗说意大利胜利，猫说法国胜利。

早晨逗出卧室，猫自觉地从自己存钱的钱包里掏出一元给逗。

逗收。

喜欢

逗问猫："为什么喜欢她？"

猫回答："因为她平静。"

胜之不武

猫感冒了，鼻涕不止。

不巧这两天正是围棋段位比赛。

逗建议："你把鼻涕抹在你的围棋子上，别人就不敢提你的子了。"

猫点头："嗯，不错！"

走丢 _

猫去中央音乐学院钢琴考级。

考完出来没看见爷爷奶奶。

于是回到大楼找了电话打给逗：

"爸爸，爷爷奶奶走丢了！"

奖励 _

周末从北戴河返家途中，逗开车开得枯燥，草调节气氛：

"如果前面有一个穿比基尼开法拉利的女郎，你跟着追，就有意思了。"

逗说："光追有啥意思！有奖励还差不多。"

猫有自己的敏感，急问："奖励什么？"

打望 _

逗坐火车从南昌回北京，七点半快到北京的时候给草发短信：

"有一个女的，从我六点半起来到现在，一直在化妆，她以为一下车能见着毛主席啊？"

草回信："你看她那么久啊？"

活下去 _

"猫啊，多读点书吧，才聪明！"

"嗯？一个人，难道不聪明，就活不下去？"

挫折

猫围棋升段赛 5 胜 5 负，未能成功晋级。

逗问猫心情咋样。

猫说："刚开始有点难过，现在一点事都没有了。"

输赢

围棋段位赛第一天五盘棋，

猫上午输了两盘，下午赢了三盘。

猫回家报告成绩，说：

"赢了不该赢的，输了不该输的。"

游戏

草经常偷袭着亲猫，

猫必定反扑加倍亲草。

草忍不住说："猫，你真傻，难道你不知道你亲我我很愉快么？"

猫答："妈妈，你傻啊，你以为我不知道我亲你你愉快么？"

女厕所

猫问："爸爸，你进过女厕所么？"

逗答："进过，你奶奶带进去的。"

猫说："我也进去过，你老婆带进去的。"

看电视 _

猫说："爸，你陪我看会电视吧！"

逗说："好呀！"

两人靠着。

逗说："昨天好像就在打，今天这天珠还没打完啊！"

猫说："不是天珠，是龙珠。"

逗说："这小屁孩长个尾巴。"

猫说："孙悟空！"

逗说："不可能。"

猫说："就是孙悟空！"

逗说："那跟他对打这个三只眼是二郎神？"

猫说："爸，你出去吧！"

洗澡 _

猫洗澡，逗在浴帘外面念：

"脖子、肩膀、胸口、手臂、大腿、屁股、小腿、脚……"。

猫叫："别念了呀，我只有两只手！"

逗不念了。猫在帘子里面说：

"还有小鸡巴儿！"

数学老师的孙子 _

猫睡前喜欢享受奶奶挠背，

"痒，这儿痒，左边痒，右边痒，上一点，下一
点……"

没完没了，混乱不堪。

奶奶是数学老师，便在猫背上画线，

"这是横轴，这是纵轴，划分了四个区域，

这是第一象限，这是第二象限，

这是第三象限，这是第四象限，

你说你哪儿痒？"

"我的第二象限痒！"

几厘米

猫放学回家，把书包往沙发上一扔，说：

"只差几厘米她就亲着我了！"

没办法

爷爷接猫放学。

两个小女同学告猫的状：猫打我们。

爷爷问猫：怎么回事呢？

猫哇的大哭起来：她们逼得我实在没办法啦！

鞠躬

猫钢琴二级，每天弹十五分钟，学艺不精。

但老师还是帮猫报名参加钢琴比赛。

草给逗发短信：弹完了，乖极，我听不出来弹得好不

好，可儿子弹前弹后跟老师鞠躬，我眼泪都快下来了。

草补记：
很快轮到儿子上场。儿子清楚地记住了老师的叮嘱：先把参赛证放在评委老师桌上；然后走上琴台，给老师鞠躬后再落座弹奏；结束后再鞠躬下台，带回自己的参赛证。别的孩子很少做到，不是一上台就直奔钢琴，就是忘记拿回参赛证，鞠躬更是没有。儿子一直都显得不那么兴奋，鞠躬时差不多只有四十五度，脸上带点茫然的神情。但就是这二度鞠躬，让我这个当妈妈的热泪盈眶：是儿子的沉稳，还是那点茫然，抑或是那个不太标准的鞠躬，撞击了我的心？我也说不清楚。儿子回到座位时，俺止不住跑过去狠狠亲了一下他。

责任 _

猫力量小，求助爷爷安装四驱车。
猫爷爷力量大把零件损坏。
猫要爷爷赔偿。
爷爷说，是你让我弄的。
猫叫："那好，60% 是你的责任，40% 不是我的责任！"

一旦

"我不想弹钢琴，可是我一旦开始弹，我就不想下来，

就像我不想洗澡，一旦开始洗，我就不想出来！"

上学去

早晨。

猫还没起床，

一女同学就来家里叫猫一起上学。

女同学到床边叫醒了猫。

猫说：你出去吧，我要穿衣服了。

草被猫批评

Z 是逗的朋友，住同一小区，往来不多，点头示意。

下午，Z 拎着电脑包进了书店，说：我在你这里写点东西。

落座。草问："喝点啥？"回答："铁观音吧。"

傍晚了，Z 收拾好资料和电脑，狠狠地喝了一口茶之后，对草说了句"谢谢了哈"，然后就径直走了。

一时间，草有点发懵。不结账？终究没有一句话说出口。

草回家忍不住小声地跟逗叨叨："凭什么？"不小心被猫听了一耳朵。

猫立马就嚷道："谁？谁不结账？！"

逗和草连忙支吾："没……没啥……"

猫却不管逗和草说什么，一个劲儿地支招儿："打110呀，打110！"

停顿了好一会儿，又忿忿地嘟囔了一句："看店的人也不咋的！"

搜索 _

逗下班回家看见猫用力地在电脑上打字。

凑过去看，发现猫在使用 Google，搜索的是：

超超超超超超超超超超超超超超超超超超级免费游戏网站。

商量 _

"妈妈，跟你商量一个事。"

"啥事？"

"我能吃冰棍么？"

"上午就吃冰棍？下午吧！"

"为什么不能吃嘛？"（大声地，非要吃的样子）

"你这是商量么？"

"我没钱呀，不跟你商量咋行？"

遗传 _

猫和两个小朋友骑自行车在小区里玩，

骑着骑着就萌生了到另外一个小区找同学的想法。
两个小区之间的道路，汽车纵横。
猫在出小区前决定回家，
另外两个小朋友果真骑车去了另外的小区。
猫回家得到了表扬，理由如下：
有自制力，能够抵御玩耍的诱惑；有主见，不跟
风；胆子小？没事，你爸胆子就小，这是遗传。

没标准

逗："好好吃饭，应该让你去看看贫穷地区的儿童。"
猫："嘿，学习你让我跟好的比，吃饭你让我跟差
的比！"

和谐

猫玩了几天任天堂，问：
"都是打打闹闹的，有没有和谐一点的游戏啊？"

科学

找时间跟猫讲了性知识那本书后，猫只问了三个问
题：
"这，科学么？"
"啊，能放进去么？"
"要放多长的时间？"

一折机票 _

吃饭聊天，说到机票的折扣。

猫打岔："一折不得了，那大家都喜欢坐了。"

逗："成本都不够。"

猫："不要把飞机搞那么好嘛，安全性也降低点，不就得了！"

肢体语言 _

假日，逗、草、猫三人窝在床上看电视剧。

一旦画面有男女亲热的镜头，

猫必定起来在床上翻跟斗，

直到该段落结束，

似乎是在回避着什么。

逗悄悄跟草说：

"今后俺儿子可以去做电影审查工作，一部电影如果翻了十八个跟斗，一定是限制级的。"

自觉 _

开学了，说好只能周末玩游戏机。

放学回来，猫到处找自己的游戏机。

"不是说好只能周末玩吗？"

"是啊，我不玩，我就看一下！"

无能

逗、草、猫卧床看电视剧。

逗和草看得少，请猫解释前后剧情。

"他们家庭不幸福，男的性无能。"

逗和草傻在了那里。

其义自见

每周猫有二十五块的零用钱。放在一个铁盒子里。

有天逗没零钱，拿了十块，并跟草说，猫没数的。

周一又是发零用钱的时候，猫数钱：八十五。

"不对啊，应该九十五！"

逗吓了一跳，趁猫迷惑着去漱口的时候放回十元。

一会儿请猫再数。

"呀，九十五！钱数百遍，其义自见！"

自以为是

猫："爸，我都能够诅咒人了！"

逗："啊！！！？？？"

猫："汪毅踢球，我说，你肯定踢不远，果真，就踢到了我脚下！"

争光

又一个学期结束。猫在班上和一个女生 PK 校级优秀生。由同学们投票。

前九票都是猫的，女生开始哭了。

最后 24 比 9，猫获得了胜利。

回到家逗说：你应该让女生嘛，你是男子汉。

猫说：不行啊，我要为男生争光。

惜命 _

路过库哈斯的 CCTV，

逗跟猫说这个建筑叫"裤儿垮"，

猫说："我以后肯定不会来这里上班。"

有力和坚强 _

老师在猫的作业本上留名言：

"战胜别人叫有力，克制自己叫坚强。"

逗问猫这句话怎么解释。

猫说："我打死你，这叫有力；我不打死你，这叫坚强。"

两条狗 _

逗的小名叫石头。

猫的小名叫满满。

周末早晨，逗被猫的叫声吵醒："石头，石头，趴下，趴下！"

猫在任天狗游戏里养了两只小狗，一只叫满满，一只叫石头。

减负

猫考钢琴六级，考场出来第一句话：

"嗯，我要给自己减压！"

逗说："谁给了你压力呦？"

猫说："我自己啊！"

逗说："哦，对，自己加自己减。"

有其父

猫期末考试了。

回来说语文作文题目是"你最感激的人"。

逗问：你写的谁呀？

猫：不告诉你。

逗：爷爷？奶奶？

猫：不是。

逗：爸爸？妈妈？

猫：不是。

逗：老师？同学？

猫：不是。

逗：那到底写得谁嘛？

猫：不告诉你。

过了一会儿。

逗作恍然大悟状：哦，我知道你写的谁了？

猫：谁？

逗：不告诉你。

猫：你不知道。

逗继续自言自语：哎呀，原来如此！

猫：你知道是谁呀？你根本不知道！

逗：这样吧，我们分别写下来，交换，看对不对。

猫摇着脑袋：算了吧，我太了解你了！

不做事 _

奶奶外出。

猫洗完澡。

爷爷帮找衣服，找不到。

猫说：

"一看你平时就不怎么做事！"

你表扬我，我心里很甜 _

逗跟猫读书。

读《当彩色的声音尝起来是甜的》。

逗问这书名该如何理解？

猫拍着胸口说：

你表扬我，我心里很甜。

团圆饭 _

奶奶和草做好了饭，男人们玩着自己的事，半天不上桌。

草叫逗："吃饭了！生气了哈！""马上！"

逗叫猫："吃饭了！不乖哈！""马上！"
猫叫爷爷："吃饭了！不听话哈！""马上！"
齐了。

提炼

逗给猫讲自己做的梦：
"梦见你一个人坐飞机回四川，三点半没到，六点半也没到，把我着急惨了！这说明了什么？"
猫答：
"说明了伟大的父爱！"

一条财经路

最近参加婚礼凑份子比较频繁。
前往婚宴的路上，猫模拟主持人：
"结了婚的，请举手！"
"都离，离了再结！"
"这是一条财经路！"

矜持点

猫叫逗："爸，在这儿划个勾签个字！"
一张学校发的家长对孩子的意见表，分别是"非常满意"、"比较满意"、"还需努力"。
猫指着让逗划勾的地方是"比较满意"。
逗说："我很满意啊，划第一个！"

猫说："你矜持点好不好，我叫你在哪儿划你就在哪儿划！"

由一个门，开另一扇门 _

猫遭遇了一个挫折，

钢琴没有考过八级。

哭了三回。

逗不勉强他学，也不勉强他不学。

不讲解如何理解音乐，也不讲人生和挫折。

逗只能给他爱。

其他的，都是他的。

游崂山 _

崂山。缆车。迎面车厢里三女一男。

逗说：嘿，三个姑娘儿！

草说：哦，一个男娃儿！

猫说：脚踏三只船。

审美 _

草忍不住感叹："儿子，你好帅啊！"

猫漠然："你审美有问题。"

逆反教育 _

午餐时间，逗展开对猫的教育话题：

"你马上要到逆反的年龄，要注意控制情绪，现在已经有点儿了。"

"什么是逆反？"

猫爷爷说："让你往东你往西，让你往西你往东。"

接下来的猫爷爷，话却不是教育孙子，而是指导逗应对：

"今后想让他往东，你就说往西。"

草接话："对，负负得正。"

猫奶奶再接："对，以乱治乱。"

猫再接："对，以毒攻毒。"

逗心想，本次教育开题开得非常的失败。

高科技

猫不小心碎纸屑撒一地，

然后用手一个一个地捡。

逗忍不住说：你不晓得用扫把啊？

猫说：我才不用高科技！

管理

猫在一个网络游戏上管理着一个四十多人的战队。

逗回家吃饭猫正在分类，贡献值 500 以上的主将，

300 以上的副将，100 以上的先锋……

先前的一个副将贡献不够，猫将之降为先锋。

这个副将变先锋的小朋友正是猫的同学。电话里猫

在对他说：
"你不要介意哈！"

✐ 日记：收拾书包 _

其实我的家在班里是离学校最近的了，但是我为什么来得这么晚呢？

经过我的计算，前一天晚上写完作业时要收拾一下书包，洗洗睡之前呢，又要收拾一遍。

第二天早上六点五十五分起床了，又去收拾一遍。

上完厕所，我再去收拾一遍。

吃完早饭，我又要收拾一遍。

最后一遍是我穿上外衣之后。

我说的这些一点也不夸张。

每次收拾书包大约要三分钟，早上的四次就要浪费掉十二分钟。

但我不再看一遍书包我的心里总是不舒服。

✐ 测智商 _

"爸爸，你带我去测一下智商吧。

我做事纠结得很。

如果智商高，我做事就顺着做，如果智商低，我就反着来。"

理想 _

早餐时，猫说他的理想：

前半生，父母养；后半生，老婆养。

不合适 _

昨天没事逗跑到猫学校门口等他放学。见面后猫要
逗先回去，说按照习惯要在外面耍十五分钟再回。

逗说，那我把你的书包先背回去得了。

猫说，不用。你背个书包不像学生，我不背书包像
无业游民，都不大合适。

为了父母 _

昨天猫参加小升初考试。

有一道选择题，问，你是因为什么而读书。比如为
了理想，为了乐趣。

猫选择的是：为了父母。

出来猫有些担忧地问，说了实话会不会不录取我啊？

草说：说实话还不录取，这学校不上也罢！

高兴的是，猫明知道这个答案是个陷阱，还选。

忧的是，猫确实还没从学习中找到乐趣。

稳定之后 _

猫有点消化不良放屁肆意。

草调侃：以后有女朋友了也这样啊？

猫正色道：不，等关系稳定了都！

底线 _

猫说："我什么都不想做，除了一个学生要做的基本的事。"

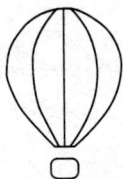

B _ 满满当当

猫小名"满满"，因为是小满那天出生的。
大名"邱敢"，上初中被取绰号"敢爷"。
后来养了条狗，取名"当当"。
和逗的名字连起来，就叫"石敢当"。

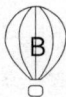

B

有些时候 _

有些时候你说我们家管得少，但其实也不少。

有些时候家人说我缺锻炼，但有机会了他们却不让。

有些时候家人通情达理，但今天他们没照顾任何人的感情。

体谅 _

爸爸说："我当上人大代表就为你们中小学生减负！你呢？"

我说："为你们中小型企业减税！"

原则 _

做学生的原则就是：坚决不当老师的眼线。

随遇 _

背诗，烦了，把书扔到地上踩了两脚，睡觉。

第二天早上收拾书包，把书掸干净，又放到书包里。

早恋 _

那天看完《泰坦尼克号》。

英语老师说：你们谁的家长初中就认识？

我心想：我就不告诉你我爸妈十一岁就是同学。

理解 ＿

放学回家路上，车里，爸爸放歌听。

突然来了个电话："我们是 xxx 英语培训。"

爸爸也不着急挂，把手机放到音响处，说：

"这些人工作也挺累的，需要放松。"

之后那人自己挂了。

形式 ＿

入团需要六个阶段：走形式、走形式、走形式、走形式、走形式、入团。

看完这次团员发展大会后，我决定不写入团申请书了……

当别的 ＿

当别的学校组织了一场足球比赛，朝外举办了一次英语竞赛；

当别的学校组织了一场篮球比赛，朝外举办了一次数学竞赛；

当别的学校组织了一场流行歌曲比赛，朝外举办了一场阅读竞赛；

好不容易朝外举办了一次拔河比赛，我又听说别的学校开了一次校级运动会。

好一个丰富多彩的三年……

方舟子 _

家里什么东西丢了，什么东西又坏了，爷爷就爱说
是我朋友弄的。
我说不可能，他说怎么不可能，
我说：你的行为和方舟子没两样……
爷爷啥也不说了。

乳牙 _

那天我和爸爸去洗牙。医生说爸爸还有三颗乳牙没
换完，我全换完了。

一个问题 _

你们家养的狗知不知道自己是一条狗？

果断转 _

反正看到一些"如果不转载此条说说或日志的人将
死于非命"这种东西，我是会果断转的。

月亮、故乡和老婆 _

今天爸爸问我：如果天上有两个月亮，人类的文化
会有怎样的变化呢？
我说：李白低头思的将不是故乡，是他老婆。

素养 _

今天奶奶把耳机塞到我耳朵里说：

你觉得这歌好听吗？

我当时就震惊了。

奶奶听的不就是《加州旅馆》吗？

她啥时候有这素养了？！

有人 _

上初中后，有人的个性签名开始感叹人生了，

有人的开始谈爱情了，

有人的变龌龊了。

有的人的个性签名还是小学毕业的那个暑假写的……

怂蛋 _

我们做到的不应该是去适应教育体制，

我们应该试着去改变它，尽管我们可能等不到改变

的那一天。

否则，当我有了孩子的时候，

当 Ta 问我有没有去尝试改变教育的时候，

我却说出一个"没"，

Ta 绝对会嘲笑我，心里想着：

原来我爸是个怂蛋。

我不愿意做个怂蛋。

也或许

记得有一天，我晚上补课，回家晚，作业多。

写到九点半数学一笔没动，于是奶奶立刻拿走了我的数学卷子，做了一遍，

然后让我把选择填空题都抄上了。

也许奶奶违背了她当老师的职业道德，但绝对遵循了人性本来的善良。

或许，一些职业道德确实与人性的善良相反。

也或许，我这话有些偏激……

心酸

敢爷开始住校，接回家路上话密。

说有两次，想哭，憋回去：

一次是周三上课的时候，算成周四，

一次是半夜醒了，想家。

说得我心里好酸。

善解人意

接敢爷回家路上谈心。

分析其性格的优缺点，优点是善解人意不愿给别人添麻烦，缺点是里外不一家里学校两个样。

我说我说得对吧，敢爷猛点头。

我说你不是拍你爸马屁吧，小子一脸坏笑说："我善解人意啊。"

说完笑得好开心啊。

自以为是 _
敢爷在学校合唱比赛自己班得了第三名。

我说你不是说你们班没啥创意没有道具也没有口号，你钢琴伴奏也没穿西装就穿个校服怎么得了第三？

敢爷说完全是因为他钢琴伴奏前奏最长。

其烂无比 _
我问敢爷你们班唱得水平如何，

敢爷说，其烂无比，四十个人唱出四十个声部。

讹老师 _
接敢爷回家，告诉他因为我要出差，而妈妈要看书店，周末的家长会奶奶去参加。

敢爷听了很着急：不行，奶奶老年人，万一我挨批评心脏承受不起，难道要讹老师么？不行不行，还是妈妈去吧。

私人空间 _
从书店回家吃晚饭，厅里不见敢爷。

推开敢爷卧室门还没来得及说啥呢，戴着耳机的敢爷腾地站起来说：

你们这些人烦不烦啊？！一个接一个地进来，给不给一点私人空间啊！

我立即退了出来。

五十九秒

敢爷住校，

周一到周四每天下午定时来一个电话，

每次时间都严格控制在五十九秒挂掉。

他说这样最省钱，

看着时间挂掉那一刹那，

就像打游戏赢了一样爽。

朋友的定义

敢爷对朋友的定义：朋友就是坐在一起不说话也不觉得尴尬。

没有单位的人

接敢爷回家路上。

敢爷说，有个打 IC 电话的方法不花钱，拨一下赶紧挂掉，然后你再拨过来，我的同学都这样干；我后来一想，没必要，你们拨过来还是要花钱，你们又不是有单位的人。

我心里想，这国家绝 B 不能呆了。

嘲讽 _

敢爷总结中学为什么没建立起像小学同学一样的朋
友感情。
因为都在忙着学习,
在一起踢球的时间都没有……
最后一句是：交流多是彼此的嘲讽。

缺少感情 _

敢爷学习之余弹吉他。
我说敢爷你弹吉他缺点啥。
敢爷说缺时间。
其实我说的是感情,
不过也不担心,以这个进展,
等上大学的时候应该很迷人,
感情自然也就有了。

逆向 _

敢爷今天班会主题是感恩父母。
为了增加悲伤的情绪,
老师让在纸上写五个重要的人,
想象一个一个地划去对你生活的影响。
我问敢爷写谁了,
敢爷说写了五个讨厌的人,
越划越开心。

没有不可延迟的事

七点半睡得正香被敢爷奶奶叫醒，

敢爷东西忘带让务必送学校。

我坚决不送，

除了高考证可以送一下，

没有啥子关于学习的东西是不可以延迟的，

自己被老师弄得不舒服下回自己就记住了。

不容易的父与子

接敢爷回家，经验告诉，只要五点十分之前通过五
元桥，那我们五点四十就能到家；

如果五点半之前不能通过，那到家就说不清楚了。

因此敢爷每天都是第一个冲出校门。

敢爷说，为此我要做很多准备，提前收拾书包，保
持苗条敏捷穿越人群楼梯过道。

敢爷最后总结说，当你儿子是很不容易的。

我说我也不容易，在外面不断腾挪车位以便不被任
何车阻挡，

接到你就能开走。

辩证

敢爷因弹琴手劲大经常能把别人捏疼。

同学向他请教要领。

敢爷说，首先你要保证你的对手是弱者，就像你一样；

其次你要保证你自己是个强者，就像我一样。

学坏 _

跟敢爷探讨一个问题。

明知道每周有一次限行，但还是开车违规来接你，
请问这样的行为对你有什么影响。

敢爷说了三点看法一个总结：

意识到这个问题比没意识到好，

一件事归一件事不要无限放大，

爸爸不要担忧我不会学你坏的。

最后评估利大于弊决定继续干下去。

家长会 _

敢爷说，家长会就像小三，专门拆散家庭。

进化 _

路上堵，敢爷问了个我回答不了的问题：

为了子孙后代，现在的人每天扇一千次手臂，几万
年后能进化长出翅膀来飞？

从不从 _

敢爷粉巴萨，我很不爽。

今天回家路上游说他改皇马，费尽口舌都不从。

我说你一点都不尊重你父亲。

敢爷说给点个人主见空间好不好，
上次反国安我都从了你了。

反省 _

最近媒体报道读易洞很多。
宣传是好事高兴，但过度了也会让人觉得招摇不内敛。
敢爷昨天就警告了：你们就喜欢得瑟。
说得我有些不愉快，在他心里那么个小书店有啥值
得炫耀的。
可是敢爷，你要理解，这世界不好混，我还不是想
多一点生存的方式和机会。

求安慰 _

敢爷功课繁重求我安慰一下：
初二读完还有个暑假，
初三读完还有个暑假，
高一读完还有个暑假，
高二读完还有个暑假，
高三读完还有个暑假，
大一读完还有个暑假，
还可以带个女朋友回来，太爽啦！

灵魂与肉身 _

人的灵魂早就摆在那儿的，不过找个肉身钻进去。

在谈到早两年晚两年生的就不是敢爷的时候，敢爷
如是说。

文绉绉的 _
接敢爷下学回家路上。
敢爷说，我看到了胡适的照片长得还挺帅的。
我问，有你帅么？
敢爷说，差不多吧，都文绉绉的。

电影卖点 _
带敢爷看早场电影，敢爷说路过四张电影海报三张
都是亲嘴的。

什么心态 _
敢爷新学期第一个周末，回家汇报班主任老师有男
朋友了。
"这下好了，不会认真工作了。"

家务 _
当当是我们家的新成员，
每天吃四顿，
敢爷负责喂两顿，烧水、泡狗粮、一碗主食一碗汤。
"走，当当，哥给你做饭去！"

居然 _

"人生这么多痛苦，居然还要死！"——敢爷

真男人 _

跟敢爷认真地探讨了一下什么是真正的男人。

敢爷说就是有鸡官儿、弟娃儿、雀雀儿。

我说关键还要有蛋蛋儿。

盗梦空间 _

看完盗梦空间，问敢爷，印象最深的是什么？

敢爷说——

碰碎镜子那一下，你知道意味着什么吗？

镜子折射一层层的人，寓意一层层梦境，

碰碎镜子的女孩儿，就是来唤醒梦境的人，

她是电影里最厉害的人，她进入了最深层，而且想出办法又回到了现实。

你忘啦，那个老头子说，

要介绍一个比男主角还厉害的造梦人，对吧？

欺负 _

上午被敢爷和他妈妈联手欺负，我生气地说要离家出走。

敢爷说：不送，记得每月寄生活费回来。

决不逗留 _

很惭愧，家里开书店，敢爷却不爱读书，

但特会完成作业，

"完成了就能耍"是他完成作业的最大动力。

五百字的作文一数五百零二字了，

马上收尾，

不管如何都收，

绝不跟作业逗留。

摇滚青年 _

敢爷某晚作业做到十一点，愤怒了不洗澡不睡觉狂弹吉他，

把一个文弱小孩活活逼成一个摇滚青年。

更悲催的是家长，

火上浇油助长逆反或是压制情绪扭曲心灵皆不可取，

半夜谈心只会更影响睡眠，

只好装着置之不理，默默地听一场希望尽快结束的演奏会。

嗯 嗯 嗯

C _ 告诉儿子的事

真正能促使你理解个体差异，
是你一手调教的子女也和你意见不一致而无能为力。
知识之外的教育可靠性都不高，
顺其自然，各有各命。
作为父母，学会放弃。

C

2004_

逗和草结婚整九年。逗和草都不是追求仪式感的人，但毕竟是九年，决定买个啥子东西纪念一下。

下了班，逗和草从东方广场开始逛起，到了王府井大街，又进入东安市场，没有明确的目标，没有一见倾心的东西，就这样逛着。

饿了，吃饭，都已经快十点，商店快打烊，逗和草想，九年就这样过去了么？

最后来到一个店，是艾斯普利特的专卖店，逗和草看见柜子里的银手镯，特别地漂亮。

可惜只有一只。售货员没看懂逗和草的意思，说这货很少，只有一只。逗和草说，我们想要两只。售货员很认真，赶紧查电脑，跟另外的店子打电话，花了十五分钟一路小跑从另外的地方又拿来一只。逗和草高兴坏了。回家的路上，逗和草的手一直牵着！

1985_

逗十一岁上初中的时候，还没有到青春期。

就像猫现在一样帅。

逗是班里的体育委员，草是班里的文娱委员。

逗数学好，草英语好。

逗和草二人诗歌对诵，参加全校的演出得了第六名。

不仅如此，

他们还同桌。

有早恋的同学，男生骑自行车搭女生，

逗和草还从来没有牵过手。

直到初三毕业，

几个要好的同学一起出外游玩，

在山坡上铺块塑料布打牌，

逗不会玩，老被罚来跪着。

又输了，草说，我来跪吧！

1991_

上大学的时候，逗到草的学校去找草。

那个时候，没有手机，宿舍也没电话，

男生叫女生要让看门的人传话，或者，在窗下撕心裂肺地喊，多傻。

逗到了女生宿舍的楼下，都不用太近，就拍巴掌。

逗的手虽小，巴掌声却特大，清脆明亮，整个楼都有回声。

草就下来了。

猫要记住的是，一个男人，至少要有一项突出的才能。

或者，技能。

1991_

逗上大学的时候是校园歌星,每个周末都在学校的舞会乐队唱歌。

很显然地,很多女生都喜欢逗。

草从成都到重庆看逗,逗把草带进舞会,专门给草献上一首歌,并用非常肉麻的勇气说了几句话。

从此,再没有女生找逗。

逗那天晚上唱的歌是张雨生的《天天想你》。

猫要记住的是,一个男人,要学会,舍得。

1986_

逗和草初中毕业上高中,分开了。

一个在一班,一个在四班。

逗上学放学都必经草的教室。

奇怪啊,整整三年,逗和草都没有说过一句话。

原因很多,比如,校风不允许啊,学业重要啊,胆小和青春期的自卑啊,等等等等。

但逗每次经过草的窗前心跳都不一样。

草呢,就像《童年》里面唱的:"隔壁班的那个男孩什么时候经过我的窗前",天天都在期待。

草回忆当时的心情是:两人之间,既近且远。

这次,猫要记住的比较多:

一、春心萌动,人之常情。

二、尊重传统,也没坏处。

三、美好的事物搁在心里不会馊。

✈ **1995_**

草的爸爸开始并不喜欢逗，
因为逗瘦小邋遢留着长发，
还把他女儿带着天南海北地东奔西跑。
草把逗带回成都准备结婚定居，
要重找工作的逗问草爸爸：伯父知道成都什么广告
公司最好吗？
草爸爸看《成都晚报》记得一家。
第二天逗就出去了，晚上回来跟草爸爸说，
我在那家公司上班了。
逗和草顺利完婚，草的爸爸特别开心。
猫要记住的是，做事要抓住要害。

✈ **1993_**

逗刚开始工作的第一年，在一家生产奶制品的企业
工作。
有一家广告公司帮助策划了一个活动，说如果逗说
服企业搞这个活动，就给逗一千五百元回扣。
一千五百元！当时逗一个月的工资也就不到二百块。
活动准备前后一个月，逗紧张死了，睡不着觉。
活动当天，也算成功，但逗的心思完全漂浮在空中。
那个广告公司的人也还实在，在活动间隙的时候，

把逗拉到厕所给了逗钱。

逗再遇到同事，就不敢看对方了。事隔两天，逗就从单位辞职了。

从此以后，逗再没干过这种事。

猫要记住的是，人性有漏洞，也应有羞耻之心。

1994_

逗的哥哥在珠海开了间广告公司，逗投奔之。

逗什么事情都干，给公司员工订饭、校对、出片、快递、盯印刷厂。

甚至，催款。

有一个生产八宝粥的客户欠了很久的钱，要不回来。

逗就到那客户家里去催。

逗从下午两点坐到晚上八点，一动不动，连厕所都不上。

眼睛就盯着客户，客户四五岁的儿子只要出现，逗就盯客户的儿子。

客户实在没法了，就给了钱。

郊区，天黑了，没出租车，好心的客户要送，逗不敢，拿了钱消失在黑夜中。

猫要记住的是，如果那个客户死活硬是不给钱，就算了。

1990_

逗和草上大学的时候远隔千里，靠鸿雁传书。

正值青春蓬勃，听老头子讲机械、分子，哪儿有谈情说爱生动。

于是逗上课的大部分时间都用来给草写信。

其实，学校单调乏味，三点一线，哪儿有那么多写的呢？

因此小事被放大，无中去生有，自欺再欺人，

久而久之，蚊子咬个包都能写上一大段。

猫要记住尼采说的话：幸福是随时随地发现乐趣的能力。

后来因此，逗在广告文案工作方面得心应手，还发明了"创造无用"之方法论。

2000_

猫出生的时候，逗和草还没有能力买房子。

哦，不仅没能力，根本就没想过自己买得起房子。

走在租住的社区里，连羡慕别人的心情都没有。

完全与己无关。

生活似乎没有什么特别大的指望，因此也没有得不到的烦恼。

就这样往前走。

不成想，就一年多，就买了房子，

很快，又有了更好的房子。

完全不是预料之中。

猫要记住的是：需求别刻意，只管往前走，梦想不多想，自然就到你身边。

1994

逗带草在深水区游泳。

逗教不会游泳的草潜泳：在水下吐气，人就会沉下去。

两个人一起下潜。

逗出水，没看见草，低头，看见草在水底手舞足蹈，上不来。

逗一下把草从水里拖上岸，草咳呛后缓过劲，哭声震天：

"我以为你不管我了！我看见你就在上面，我就上不去！我要死了，你怎么都不管我啊！"

逗也有点后怕。

猫要记住：无知者无畏，有知者也不是不干傻事。

1977

逗小时候没挨过打，打都全集中到逗的哥哥身上了，逗哥哥很调皮。

有一天放学，大约是逗上小学一年级的时候，逗哥哥的老师找到逗，说，你回家叫你爸爸妈妈来一趟，你哥哥硬喂女同学花生壳。

于是逗就回家，一路上那个愁啊，都快哭出声了，因为在逗的意识里，那是多么大的一个错误啊，肯定是要判死刑的。

所以逗几乎就没犯过什么错误，逗哥哥就是逗的一面镜子，要犯的错逗哥哥都提前示范了，逗只需要知道这不能干就行了。

所以，逗对猫的成长有一些担心，既没挨过打，也没有镜子。

这也是为什么要让猫知道这么多事的原因之一。

1994_

逗和草还没结婚那会儿，社会还很封建。

逗和草在深圳旅游，半夜了，找酒店住，跑了好多家，都要出示结婚证。

有一家都进房间了，也被请出来，尴尬得不得了。没办法，只好多花钱开两间房。

后来在广州火车站，有人兜售制作假证件，逗就想搞一个。

后来觉得如此庄重的事情不能如此不靠谱。

猫不要认为以上的事情已经过时了没有借鉴的意义，逗的本意是，自由都是相对的，婚姻没有束缚自由，相反没有结婚证，倒失去了自由。

1998

1998 年，草怀上猫，回老家待产。

逗在预产期临近时也回川陪草等待猫的出生。

可是到了生产的时间，猫就是不出来。

而逗的假期也到，公司催促逗返岗。

逗着急啊，就带着草到处走动，坐公车，希望把猫给抖出来。

猫很稳得住，一点迹象也没有。

没办法，逗只好回北京了。

逗回到北京的一个下午，正在电影院看电影，接到电话说猫出生了。

逗就在电影院里面坐着哭啊，眼泪止不住地流。

猫要记住，做事要干脆，别拖拖拉拉的，特别是事情还关系到别人。

1975

逗小时候家里负担很重，但经济再紧张，逗爸爸和逗妈妈都坚持给逗和逗哥哥订杂志、买小人书。

比如《工农兵画报》、《富春江画报》，里面都是图画故事。还有什么《人民画报》、《世界知识画报》、《世界之窗》、《科学知识》等等。

天气好的时候，逗哥哥和逗就把家里的门板抬出来，把书摆上，邻里的小朋友就围过来。

逗哥哥宣布，五十片干树叶换一本书看。这样，一天生意下来，家里做饭生火的树叶就有了。

逗一家都喜欢看电影，但家离县城电影院有五公里，要爬坡绕山走大路小路和公路。

电影院一有好电影，逗爸爸就骑自行车载着一家子进城。逗坐前面，逗妈妈坐后面，逗哥哥坐进绑在自行车一侧的背篼里，呼啸着冲下一个叫罗浮洞的长坡，刺激无比。

后来大一点，自行车坐不下了，大家就走路。

看完电影，回家路上一片漆黑，狗叫蛙鸣，一家四口手牵手，逗哥哥和逗就闭着眼睛，凭感觉说走到哪里了，比谁说得准，一路就这样玩着回家。

逗希望猫长大了也有这样一些事情记在心里。

1990_

逗大学期间。

一次，同学们在校门口饭馆聚餐。

酒喝得热情膨胀接近尾声，就出主意：大家同时开跑，谁跑最后谁负责买单。

一、二、三，大家"轰"的一声，

以迅雷不及掩耳之势屁股离开凳子大腿蹬开桌子夺门而出，狂奔数百米不得胜负。

还有很多次，同学们搞比赛，输的洗大家的碗。

比什么呢？站在球场，看谁把自己的碗扔得远，最近的洗碗。

于是十几个男生站成一排，把碗使劲往外扔。场面壮观，围观者众。

所以逗班上的男生没几个有好饭碗。

还有一次，上大课，阶梯教室，一两百人，老师左等右等不来，同学们又开始打赌。

说，谁上去讲四十五分钟，参赌的人每人请讲课的人一份蟮鱼。

这蟮鱼是食堂最好最贵的菜，真是无法抗拒的巨大诱惑。

逗毫不犹豫站上讲台，但讲了十几分钟就实在想不出讲啥了，

于是逗就挨个提问，各班学生纷纷狂笑退场，最后只剩打赌的十几人坚持到最后。

那个时候的人比较纯洁，不耍赖，逗那一个月吃蟮鱼吃到吐。

猫要记住，所谓人生价值，就是有很多无用的有趣的能记得的事情。

1984

一次逗哥哥带逗看电影，突然屏幕斜了，椅子哗哗作响。

"地震了!"电影院里的人全都站起来往门口跑。

逗哥哥却不跑,一下子把逗按在椅子下面。

逗哥哥和逗拿了盆子去小店子买胡豆瓣儿。胡豆瓣儿是做菜用的调料,胡豆和辣椒和得稀稠鲜红,香得让人流口水。

逗哥哥允许逗随便闻,逗就把鼻子挨近胡豆瓣儿享受,逗哥哥一下子把逗的头按进胡豆瓣儿里。

猫要记住,人是很复杂的动物,不能只看一面。

1990_

逗上大学,中国足球队又没出线,一帮男生把学校的一道挡路的墙一二三给推了。

学校震怒,挨个审查,传闻重处,取消学位,人人自危。

当时在现场的每个人被勒令写回忆录,谁推谁没推。

其实彼时酒精刺激,人声鼎沸,谁记得那么清楚。

最后一半男生承认自己推了。一半男生没推或者没承认推。

罚不责众,承认的男生大字报全校通报批评,包括逗。

回忆那几个夜晚,诚实、谎言、恐惧、侥幸、同盟、背叛,在内心交织。

猫要记住,难受很短暂,熬过就过了,阴影却留一辈子。

1976_

逗小时候，接受阶级斗争教育，特别害怕台湾特务。
家住沱江边，老觉得对面就是台湾，生怕有敌人攻
打过来。

于是每天早晨，就拿了玩具冲锋枪，到山坡上去站
岗，笔直地，全神贯注地，紧张地。

猫这个"六一"该入少先队了，逗看猫拿回来的少先
队队歌，还是什么"接班人，要把敌人，消灭干净。"

猫要记住，这个世界，没有什么敌人。

2006_

逗有过自己的也见过别人的很多创业的经历，
因此有过一个坚决的心得："一定不能和老婆共事！"
但现在逗和草打算开一个书店。

迫不得已，逗违背了一个原则又制定了一系列新
原则：

1. 这是家庭作坊式的书店，绝对不招外人；

2. 逗和草分工绝对明确，逗负责书店的精神，草
负责书店的物质；

3. 当两者发生碰撞，逗妥协；

4. 开书店是为了更幸福，如果不幸福，不如不开。

2007_

"今天，我们来了解你怎么来到这个世界的吧。你

不是一直好奇么？"

"如果没有'性'这个小小的词汇，生命就不会存在。"

"提到这个词很多人都会害羞，可是我们不能老是对这样一个词汇感到疑问吧。"

"爸爸来告诉你真实的状况。"

"男孩和女孩有什么差别呢？你知道的。"

"对，他们某些身体的部分是不同的，男孩有阴茎，就是你的小鸡鸡，女孩儿有阴户。这都是人的性器官。"

"当男孩和女孩长大为成人，他们彼此非常地爱对方并结了婚，就能够决定要一个小孩。"

"男人把自己的阴茎放入女人的阴户，这个动作叫做爱，因为他们彼此非常地爱对方。"

"你必须知道关于做爱的两个重要的事情，首先，做爱是很快乐的事情；第二，只有在爸爸和妈妈私下单独在一起的时候，才能去做这件事。"

"不是爸爸和妈妈做爱就一定能生出小孩，妈妈怀孕肚子长大，是因为爸爸阴茎释放的精子遇到了妈妈身体里的卵子，就像种子撒进了土壤。"（说到这里很抽象，好在有这么一幅有趣的能够运动的画。）

"孩子最开始很小很小，慢慢长大，妈妈会很辛苦，但特别地快乐。"

"你会听到妈妈播放她喜欢的音乐，妈妈能感受到你在她的身体里调皮地跳舞。"

"你在妈妈肚子里成长了九个月后，就要出生了，到时候，妈妈会用力地把你从很有弹性的阴户里推出来。"

"后面的事你都知道了。有一天你也会遇到你爱的人并结婚，你也可以生一个你的小孩。"

"不过别着急长成大人，享受你现在幸福童年的每一刻，那一天自然会来的。"

1971－1982（事B）

事A

过去，大家都住平房，前后的地，都被各家各户开垦出来，种点西红柿、辣椒、葱啊蒜啊什么的。煮面的时候，就现到地里拔点葱，那种很细的葱，水冲一下，切成碎段，气味分子还没来得及跑出来，就撒在了面上。

事C

那个时候，我还在上小学，正流行卓别林的默片。有一部片子，片名内容都忘记了，但有一个镜头永远都忘不掉，一个女的啊，裹一块布，站在一个圆盘上，圆盘转啊，转啊，女人身上的布越来越少，但始终还是布，什么都没看到，连一块肉都没看到。

事 D

小的时候，我和我哥用玻璃弹珠赌钱。用手指在地上刨几个坑，三个五个的都行，然后一个洞一个洞地往前打，还可以把对手快靠近洞口的弹珠打开，最后看谁先打完所有洞。将食指卷起，弹珠放在凹槽中，用大拇指把弹珠弹出去，根据距离的远近和地势情况可以选择平地推或者凌空吊。这就是后来的高尔夫。

事 E

上世纪八十年代初，电视机还是一个稀罕物，一个黑白电视机，放在公共场合，好多人看。我们学校的电视机就放在礼堂的前面，主席台边。大家要提前两个小时占座位，远的距电视机 50 米，位置不好的侧边和电视机屏幕呈 90 度，不知道在看啥子。

事 F

小时候父母教书的中学，有一个超级大厕所：足有一百多个坑位。建筑颇有特色：用巨大木结构支起的两重屋顶就像"行"字的左边部首，便于通风散气。灰瓦白墙飞檐与漆成红色的木梁，西方人看起来很中国，中国人看起来很现代。巨厕内部空间宽敞通透，采光一流，整整齐齐的坑位，全是实木地板打造，屁股下的深坑，幽静空响。夹着教具的二位老师，在坑位蹲下，交流声在地上地下穿行共鸣，赛过课堂洪钟。四周的学生，微红的脸，比在课堂上还认真。

事 G

大学春节放假，坐汽车回家。眼看就进入了老家县界，售票员就会开始验票。以下是我们的农民老乡和售票员老乡的对话："你的票呢？""没买。""那现在买嘛？""没得钱。""没得钱你坐车？""喔噢！要回家都嘛！""你有钱！买嘛！""真的没得呀，我不得豁（骗）你！""出去打了一年工，没挣钱？""钱都寄回去了的。""你郎个把车钱都寄回去了呢？""老婆要钱要得凶。""那你不买票，你说现在郎个办？""你吃不吃糖嘛，我有糖。""我不吃糖。""吃点嘛，春节了哦！""啥子糖嘛？""大白兔，上海的。""给司机两颗嘛！""要得，都是老乡！"

事 H

原来的小县城没有很好的排泄系统，大家都上公共厕所（我们那儿叫茅厕），每天产生的废弃物，要清除，怎么办呢？因此就有了挑粪工。一根扁担，两个桶，再配一个前头绑了个小桶的长杆。这件工作是日常的，茅厕又那么多，挑粪工穿来走去，因此整个县城都飘着一股原始的味道。

事 I

每到清明节,学校都要组织学生到烈士陵园扫墓。我们那儿的烈士分两种,一种是解放前后打土匪在本地牺牲的,一种是抗美援朝在异国他乡牺牲的。我看过一份资料,仅抗美援朝我们县就牺牲了四千多人。所以烈士陵园的大土包四周的石头密密麻麻地刻满了名字。有很多名字甚至是诸如:李班长、王排长、邱三等等。土包上长满了又长又粗的野草,让人畏惧。前几天看见文章说人们为了在天安门看升国旗,后排的人叫前排的人蹲下,再经过天安门的时候,觉得这里像一个游乐场。

事 J

我们县城很有文化,五百年前就有了类似书吧的读《易经》的地方名叫"读易洞"。宋朝时候建的恢弘的文庙,围墙上写着"数仞宫墙"的朱红大字,现在是世界上最棒的茶馆。戊戌六君子被慈禧砍头的改革派刘光第是我们老乡。厚黑学创始人李宗吾是我们历史悠久的中学上世纪三十年代的校长。近的还有赖皮郭敬明。外出到北京的人,考上了清华北大的好多都到了美国,没考上大学的大多数都在建筑工地、餐馆厨房里卖命地干着。

事K

原来院子住着我、石头、李大、李二、李三儿，李四儿还没生出来。有一阵子我和李大喜欢玩屎——先在野地里去找屎，要新鲜的，用废纸小心地包起来，注意不要弄到手上。然后选一个人们经常经过的地方，将纸放在地上。我们就等啊等……等着看别人踩在上面……有一次我们特别缺屎，四处都没有拉野屎的人，而我们太想有一泡屎了。李大忽然有了主意。他把一张好不容易找来的废纸铺在地上，叫李二："李二，你过来！""干啥子？""你，窝（拉）屎嘛。""窝自己的哇？""就是。你窝嘛！"李二看着李大的目光很坚定，就蹲下去了。大家围成一圈，期待着。李二满脸通红地使劲，"你妈哟！窝的唆西（什么）哦！""稀的！"我们没有办法将李二的屎包起来，实在是太稀了。大家（包括李二）都很失望。"李三儿，你来窝！"李大生气了，李三很瘦小，我一点都没指望他能拉出什么好屎来。大家又蹲下仔细地盯着李三的屁股，"你妈哟！""稀的！""又是稀的！""你们中午吃的啥子？"我问李大，正准备脱裤子的李大茫然地看着我。现在想起来，我们那时吃的东西营养简直太差了。

事 L

前面介绍了老家的挑粪工，没讲完。其实挑粪工还是尽量避免味道散出来，所以，桶上往往都盖上一张宽大的芭蕉叶，也可以避免粪水荡出来。挑粪工路过热闹的菜市场的时候，就会叫："粪来了，粪来了！"行人就会让出一条宽敞的路来。有些调皮的小孩，挤在人群中，突然大叫一声："粪来了！"大家都会条件反射地让出一条道。在北京堵车一长串，我就在心中默念："粪来了！"

事 M

小的时候，路边上，到处都是摆小人书的。用门板支一个架子，上面一本压一本，摆满了小人书。门板四周放很多二十公分高的小木凳子，两分钱看一本。付了钱，就能拿着书在凳子上坐着看。经常都黑压压的一片，大家都在埋着头看书。小朋友都没什么钱，就一本书两个人同时看，老板不乐意，就不同意其中一个人坐凳子，两个小朋友很讲义气，就都站起来看，老板就没有了办法。

事 N

小时候我们没什么零花钱，最大的诱惑就是路边的小人书摊和稀米粑摊。稀米粑是用糯米和稻米稀释后，加点糖精，烘成直径三十厘米左右粉红的泡沫饼，薄薄的，脆脆的，用嘴一咬，立刻就化了。虽然咬过后口里和胃里都留不下什么，但总比站在一边只能咽口水的小朋友强一些。一张稀米粑只要一分钱。一次石头在上小学的路上，捡到 5 角钱，算是一笔巨款。石头兴奋、惶恐、不知所措，东藏西躲，最后他竟然去买了五十张稀米粑。一个手里抬着五十张稀米粑的小孩在路上走非常招摇。所以石头只有拼命往嘴里塞。大概塞了四五张后觉得情况实在太危险，就把剩下的几十张稀米粑统统扔进了西湖塘里。

事 O

我们老家盛产甘蔗，收割的时候，就用大卡车一车一车运到糖厂去。装载得满满的卡车，爬坡的时候就会速度慢些，大一点的孩子，就等在路边，看着卡车爬坡的当口，就跟在车屁股后头，跳起来，把那些露头的甘蔗扒拉下来，我们就叫抽甘蔗。这个运动也很危险，一连串有目的的动作，要眼尖，动作协调，身手敏捷。受点伤是很平常的事，被大人瞧见必定一顿毒打。放学的时候老师必定要重复这句话："千万不准去抽甘蔗啊！！"但不幸的是，每年都有因为这个游戏导致车祸死人致残的事情发生。经历了生生死死，存活下来的，要么比较聪明，要么这一辈子运气都比较好。

事 P

现在学校的运动会已经取缔了的一个运动项目，叫
"滚铁环"。用一根铁棍，焊接成一个圈，再用一
根铁丝的一头，绕一个凹口，手握铁丝的另一头，
用凹口赶着铁圈滚动，这就叫滚铁环。十分钟就能
学会，但要在崎岖不平，上上下下，窄窄的田坎路
上滚动自如，也要费一番工夫。每个男生几乎都人
手一铁环，上课就放在自己的课桌下，就像地下停
车位。上学和放学路上，一路滚着走，一点都不枯
燥，一会儿就到家了。大人也不反对，危急的时
候，还可以用铁丝来打狗。

事 Q

我们老家有个名吃——豆花饭。怎么做的我不知
道，我只能在这里介绍它的形状和味道。豆花饭有
个代名词叫刘锡禄，刘锡禄是最有名的豆花饭饭馆
的老板，早晨遇着熟人，问，你干啥子去？我吃刘
锡禄。豆花饭由缺一不可的三部分组成：豆花、蘸
水、米饭。豆花雪白，看起来柔软，筷子却能夹起
来。豆花端上桌时，浸泡在米黄色的窖水里，飞
烫。蘸水放在小碟里，大部分是辣椒，但据传里
面蕴涵了四十多种调料，由老板密制。你只能看见
小二在店堂中央用巨大的石臼研磨着呛人的红得有
点旧的干辣椒。米饭很讲究，一定是甑子蒸的，蒸

出来后一颗是一颗。好，你开始吃了，豆花夹起一块，放在蘸水里裹一下，口水下来了，就着一大口白米饭，吞进嘴里，你的汗水下来了。一份套餐二角五，吃一次必胜客可以吃一年刘锡禄。可惜刘锡禄都死了十几年了。

事 R

我们那里管火葬场叫高烟囱。高烟囱在城边隔着几道丘陵的小山上，显得遥远而神秘。死了的人被抬到高烟囱烧，烧完了在沱江边挖一个坑埋起来。春节的时候，大家上坟，烧着纸钱，放着鞭炮，整个江面烟雾缭绕。这是一个郊游的季节，大人烧着钱纸，小孩满山遍野狂奔。这是一个纪念日，也是一个狂欢节。

事 S

推屎泡儿，是一种生猛有力的黑色小昆虫。出生在牛粪里，用棍子捅捅牛粪，它就掀开结成壳的牛粪，爬出来，然后被我们压在书下面，看他使劲爬出来。绿蚊儿不是蚊子，外表就像推屎泡儿，只不过身上背着绿色的翼并且会飞，晚上绕着电杠飞，被我们抓住，用线系住一条腿，象放风筝一样飞。猪儿虫长在树上，肥大，绿色，全身的肉长成环状，女生走在树林里最怕猪儿虫掉下来，被我们看见，一脚踏上去，地上一滩绿水。牛牛儿就不一样，生命力极强，头上长着两根长辫，特别漂亮。桑树长叶子的时候，就是我们抓牛牛儿的时候。抓住牛牛儿，和蝴蝶一起用钉子扎在墙上，一个星期后，牛牛儿都还活着。

事 T
每到春天，油菜籽花花长出来的时候，疯狗也就开始出来了。被疯狗咬了要得恐水症而死，恐怖得很。大人们叫我们如何辨认疯狗：脑袋僵起，尾巴夹起。不幸我哥就被疯狗咬了一下，事后回忆不起狗的样子，只记得是自己先踢的疯狗，然后就去打了狂犬疫苗。社会上有人警告说不能吃鹅，吃了鹅病要翻。所以我们家的餐桌上就再也没出现过鹅了。

事 U
用蜡笔，在屁股后面雕一个小槽，然后把快用完的圆珠笔笔头去掉，用嘴将笔芯油吹出来，滴在蜡笔小槽里，然后小心放在下雨后的地上的积水里面，蜡笔就像装了发动机一样往前跑起来，这样，你就拥有了一条船。吹完了笔芯油的圆珠笔管，不要扔，两个头分别在柑子皮上扎孔，孔里面不是就会留下戳下来的柑子皮吗？然后用一根细木棍，以最快的速度捅笔管的一头，只见另一头的柑子皮迅速飞出，打在别人脸上，这样，你就拥有了一条枪。

事 V

当时流行过乒乓短裤，是那种帆布做的短裤，非常结实。大多数是米黄色，前面两个兜开敞，后面两个兜有盖，系纽扣。前面不用拉链，下面四颗隐蔽的纽扣，最上面暴露的两颗的功用就是让裤子系紧。双手叉在前面裤兜里，特神气。忘了里面穿不穿内裤了，应该不穿吧，里面的蛋蛋就是乒乓，不然怎么叫乒乓裤呢。

事 W

放学的时候，大家一起走，不知道两个小朋友怎么就吵起来，两个人的脸都通红，最终有个人忍不住，骂：我知道，你爸爸和你妈妈睡一个床。其他小朋友就一起起哄：哦！哦！！哦！！！其实每个小朋友心里面都在打鼓。

事 X

小时候说脏话，虽然不雅，但也是一种文化。比如：鸡儿了。念的时候，鸡和儿要完全连贯在一起。鸡儿，男性生殖器。如果有一个人突然叫一声"鸡儿了"，那是表示糟糕的意思。再比如：你妈卖麻披。麻披，女性生殖器。如果有一个人说：

"你妈卖麻披！"那他真是气得凶。

事 Y

晚上坐在床边洗脚，洗完了刚刚擦干净，我哥在后面一踹，我站起来光脚就往前冲几步，又得重新洗一遍脚。

事 Z

最近听说，读初中时年轻的物理老师突然去世了。我记得，同他一起分来的，还有好几个师范院校的漂亮女生，整个学校的花都在盛开。为什么死了呢？脑溢血？学校要盖房，打官司啊，升学率啊，教师的工资啊，这关他什么事？原来他已经是学校校长了啊！四十二岁了，时间过得真快啊！

1976（*我的故乡在台湾对岸*）

我端着一支冲锋枪，趴在土堆后，密切地注视着山坡下的岸边：整个山坡覆盖着茂盛的齐腰的豌豆苗，敌人很可能匍匐而上。但几个小时过去了，岸边并没有令人生疑的船只，安静得只听得见自己的呼吸。水面上雾气蒙蒙，看不见对岸也就等于看不到边。我已经守候了至少一年，还没有经历过一次实战，不过每晚我都在头脑中不断演习，一遍一遍复习从露天电影《鸡毛信》、《地雷战》、《闪闪的红星》、

《小兵张嘎》中获取的灵感，如何绊倒了、诱捕了、射杀了特务和敌人，每天都在小英雄凯旋、大人们欢呼的画面中幸福地睡去。

我并不担心手中握着的只是一把玩具枪，那是儿童节爸爸送的礼物，哥哥一支我一支，哥哥的能弹射石子儿，我的只能发出连串的扫射声。我觉得这响声，就足以把敌人吓得屁滚尿流。

我的家就在这山坡上距县城五公里的一所中学里，我的父母是这所学校的数学教师，家其实就是一个大院里一间较大的学生宿舍，隔成了里外两个小房间，外间摆放我和哥哥的床。出门左转走十几米就是我站岗的山坡，山坡下就是宽阔的沱江，长江的一条主要支流，流经我的故乡富顺。在我几年后知道对岸也是一所学校之前，我一直以为经常因雾气蒙蒙而看不见的对面，是台湾。

爸爸的收音机里，经常会收到来自对岸的问候，然后是一大段一大段的数字，哥哥说那是台湾给潜伏在我们这边的特务发送的暗号，命令他们如何进行破坏活动。那声音软绵阴暗，简直就是坏女人说话样子的标志。哥哥也说不清这些数字具体的意思，但听到这个声音，我就紧张，当这声音降落在我家的收音机里，我就觉得我们这个院子有个坏蛋正在接收情报。我回想当时的认识，中国也就是我们家所在的这个院子吧。

我决定抓住这个收听情报的坏蛋。我和邻居小朋友
李四商量了我的计划。李四的爸爸也是数学教师,
他们家有五个男孩,李大、李二、李三、李四和李
五。李四和我同龄。有天晚上家里的收音机又收到
了坏女人的声音,我就偷偷出门,叫出李四。他负
责望风,我挨家挨户趴在门口听里面的动静。

收获不大,有很多我没听过的声音,但都不是收音
机里坏女人的声音。除了我家和李四家,我都听
了。我计划去听李四家的,李四很不高兴,说先听
你们家。我说我们家不可能有特务。李四说我们
家也不可能有。我们吵了起来,非常愤怒,不欢而
散。我心想你不准我听正说明你内心有鬼。

再去听李四家不可能听到什么了,他肯定已经告
密。我决定跟踪他爸爸。

这是一个暑假,学生们都回家了,老师们也没有
课。我起床后就坐在我家门槛上,目不转睛盯着李
四家门口。李大来找我哥玩了,李二李三李四陆续
出门玩了,李三还叫我一块儿出去玩。我才不上
当,我有秘密任务执行。我看见李四的眼神,觉得
怪怪的。

等了好久,李四的爸爸出门了。李四的爸爸有点
胖,不高,秃顶,连环画里面好多特务都长这个样
子。我跟在他后面走。他走进了厕所,我也进了厕
所。他大的,我就在他隔壁大。他大完擦屁股走

人，我才发现我没有纸。我心里想，受过训练的特
务，真是太狡猾了。

我回家舀了一瓢水洗了屁股洗了手。第二天总结了
教训，准备好揉软的报纸放兜里，坐在家门口等着
李四爸爸上厕所。

李四爸爸又出来了，我又跟着到了厕所，他又大，
我也大，他大完擦，我也得意地擦，心里面吹着胜
利的口哨。

2005（赖皮是好的人生观）

荣幸得很，李宗吾不仅是我的富顺老乡，还是我就
读的中学二十世纪三十年代的老校长。《厚黑学》
七八十年畅销不衰，如果李宗吾活到现在，一定独
霸百家讲坛，新浪博客专栏永远置顶，在北大清华
演讲的就不是李敖。

在这本新版的《厚黑学》的序言中，柏杨说李宗吾
是"被忽略的大师"，南怀瑾说李宗吾是"蜀中楚
狂人"，林语堂说李宗吾是"赤诚相见之独尊"，
许倬云说李宗吾是"狂狷嘲世一教主"。其实呢，
大家都拔高了李宗吾"厚黑学"之立意，过奖了李
宗吾揭疮疤的勇气。以我对老乡的理解，写出《厚
黑学》，不过是富顺地域文化习性的产物，这个习
性，就是"赖皮"。这赖皮，表达出来，就是对生
活的盲目乐观，自我消遣。习性之深，年龄不分，

流落异乡也一样；习性影响力之大，可以远洋。

讲几个我身边的故事。

在北京的富顺人，密切有联系的有两批，一批呢，是以我爸妈二十世纪八十年代初的学生为主，年龄都比较大了，在各机关各企业算个领导。不管大小节日，中秋、元旦、国庆，总要在一家固定的餐馆摆宴席。每次都三桌，每桌十几个人。一桌男人，一桌女性，一桌差不多是子女一代。吃得多了，默契得一进那大包间，每个人就直奔自己常坐的那个位子。偶尔有一些不同的人，比如最近一次一家来了亲戚，也带来一起吃，一个四岁大点的小女孩，满口富顺话，拿起勺子当电话，尖着嗓子叫："哎呀，耍不住，北京不好耍，过两天就回及（去）了。"大家立刻笑翻过去。还有一个同样大的小女孩，胖胖的脸，大大的眼睛扑闪扑闪的，刘海，学动画片奥特曼，一个动作定格之后一动不动十几秒，大家再翻一次，她却不笑，特认真。

另一拨富顺人，是以我的中学同学为主。这些人里面乱七八糟的职业，做老师的、自由职业的，有自己的家具品牌的，外企做财务总监的，在三里屯四川特色菜馆、意大利餐馆当老板的，每次聚在一起，富顺话满天飞。其中开意大利餐馆的那位女老乡，嫁的是一个意大利人，长得像密斯特本。听不懂富顺话，就翻辣子鸡丁吃，先吃里面的鸡丁，再吃里面的葱，再吃里面的蒜，再吃里面的什么什么，一点都不怕辣，一个人在那里翻啊翻啊。他老婆偶尔照顾一下他："朱总（那老外叫朱第什么什么），合适点儿！"除了长相，就是一富顺人。

我还记录过一段富顺人的对话，不仅可以看到赖皮之理所应当，还有大家对赖皮的习以为常——

春节放假，坐车，眼看就进入了老家县界，售票员开始验票，售票员问农民老乡："你的票呢？""没买。""那现在买嘛？""没得钱。""没得钱你坐车？""喔噢！要回家都嘛！""你有钱！买嘛！""真的没得呀，我不得豁（骗）你！""出去打了一年工，没挣钱？""钱都寄回去了的。""你郎个把车钱都寄回去了呢？""老婆要钱要得凶。""那你不买票，你说现在郎个办？""你吃不吃糖嘛，我有糖。""我不吃糖。""吃点嘛，春节了哦！""啥子糖嘛？""大白兔，上海的。""给司机两颗嘛！""要得，都是老乡！"

这是一方水土养出的一方性格。富顺这个地方，丘陵地带，山不高，但走一公里也得爬一下。水不深，但最终也汇入了长江。说穷乡僻壤，土地也还富饶，文化受到敬重。出的名人也怪里怪气的，成不了大事，但也颇有自己的识趣。比李宗吾远的如被慈禧砍了头的刘光第，比李宗吾近的如自恋到无以复加的郭敬明。整个县城的人都沾染上这样一种提不起来放不下去的思维模式。

《厚黑学》呢，不过是李宗吾赖皮的自我消遣。

2008（时间的宗教）

"昨天早上六点，我的岳母去了。"

"离开得很安详，八个居士在佛堂助念了八小时。"

"按照她的遗愿，明天火化了我们就去西边寺庙外把骨灰撒了。"

"摆脱了病痛。我们都这样想。"

"尽量不去想悲哀的事，老婆的泪水也只是一种亲人离别的思念。"

"不过说起这件事，还是觉得生命很脆弱。"

"居士助念的时候，我的精神有一些恍惚，觉得这生与死的两界究竟有多远，老人现在是不是感受得到他们所说的愉悦。"

"助念八小时声音不断，那些居士非常辛苦。我们用世俗的方式包了信封。可是助念完毕，居士们都不要。只是说有心愿的话就去捐给寺庙。"

"我们在商业社会呆久了。"

"老人真的是微笑的，非常地安详。"

"对宗教有了一些直接的体验。我这种俗人，平时也就是想了想。对宗教一直保持着一定的距离。"

"老婆前后操持，像个老大。我也就只能在旁边一直看着。"

"我的朋友胡颖说，女人在关键事情面前，比男人管用一百倍。"

"《西藏生死之书》说，很多信佛的目标都是为了参悟，其实一辈子都是不可能的，智能只是耐性。"

"那生而为何？"

"我们其实都是时间的奴隶。生命不过是证明时间的存在而已。"

"过去一直说积累，相信时间的价值。时间难道不就是我们的宗教么？"

"上帝难道就是时间么？看不见摸不着，但能感受到他的存在。"

"有时候我们等人的时候不耐烦，觉得浪费生命，其实不是啊。上帝和我们始终相伴。"

"我在想，过去家里挂一个钟，或者摆一个大的座钟，是不是跟供佛一样呢，现在把时间带在手上，是不是有点随意呢？"

"如果说恐惧让精神以物质的形态而存在，那时间就是上帝以你能感受到的方式而存在。"

"我们过去忽略了。"

"上帝无处不在。真是被他包裹，带着走。"

"改变着我们的容貌和思想。我们浑然把它视作熟知的一部分，纳入生命。"

"这正是上帝的巧妙之处。你说这力量多强大。怪不得时间不能倒流，这只是科学的幻想。"

"如果这是一种信仰，我们如何去对待时间呢？"

"生命是时间赋予的一种状态和方式。"

"今天上午去医院，办最后的手续。我们在院子里等人。"

"太阳下，几十位患老年痴呆的老人，围成一个大圈圈，都坐在轮椅上，在传一个绿色的球。"

"一个面容清秀的老太太，跟护士说，我今天不晒太阳了，明天再晒，好不好？"

"护士说，她原来是矿业大学的团委书记。"

"护士把她推进圈圈，她就动手把自己推出圈圈。"

"她跟护士说，我想上洗手间。护士解释说，她不知道自己想要什么。果真，之后就再没提这个了。但似乎，她不喜欢集体活动。"

"护士说，那边那个，是清华的教授，那边那个呢，还跟周总理跳过舞。"

"另外一个老太太和她的轮椅独自在圈外，她不断地叫，小王，小王，操，你死哪里去了。只要她醒着，她就一直在叫。"

"还有一个腿脚不利落的，不断地绕着院子走，尽量让圈圈最大，我在想，这个院子有多大，他都能走到。"

"一个球传到了一个老人手上，他把他传给左边，左边的老人在望着左边，没注意到球；传球的老人就一直这样举着，也不叫一声，其他老人也不说话，护士也不说话，时间就像凝固了一样。"

"南边，就是京通高速，车流不断，声音轰隆。开车不过十五分钟，就是 CBD。"

"表达总是欠缺的，这样的经历，真是非常地特别。这段特别的时间。"

"周六的时候岳母的精神还好，正好有大学生来医院参观。"

"他们像喧嚣的老鼠，一个个的房间乱窜，留一堆合影，在大厅里兴奋地交流着，看着。我承认自己是有点偏激。"

"有老人很开心，我在想，也可能有老人很伤感。"

"我的这种情绪很怪异。可能我想多了。也或者我有自己的亲人在那里。"

"她需要安静，和家人的陪伴。"

✐ 2005（爱的教育）

儿子的奶奶晚上有约会，儿子不高兴奶奶出去，耍赖皮，洗完澡不穿衣服，奶奶苦口婆心，我有点抑制不住。把儿子一把抱进我的房间。哇哇大哭。我不搭理他。自个儿看书。

"你不是我爸爸！"

"你是外星人！"

"就想控制我的意识！"

"你不懂爱！"

"你还结婚！"

"我看你蠢！"

"你知道蠢怎么写吗？"

"你还看书！"

"你一个字都不认识！"

"诺贝尔奖都得不到！"

"一年之际在于蠢！"

发泄足二十分钟，自己都有点累了，准备溜，我说："你敢？"

赶忙把腿收回来，嘴里照硬："我为什么不能出去？"

"那奶奶为什么不可以出去，你管着奶奶，现在我管着你，你看难不难受！"

哇，哭得更凶。

"奶奶把我带大！"

"我爱奶奶！"

"我依赖奶奶！"

"我不是一个独立的人！"

"你不了解我！"

"没有奶奶我难受！"

"爱没有不对呀，但你的爱让奶奶不自由了，让奶奶不舒服了，你这不是自私么？你不是看过《失落的一角》么？什么东西，捏得太紧，就会碎！"

伸出小手，在空中捏。

"爱能捏碎吗？爱能捏碎吗？爱跟空气一样，捏不碎呀！"

"奶奶爱你不？"

"爱！"

"奶奶有没有不准你和小朋友玩？不准你出去玩？
有没有硬要你陪着？"

抽泣着说：

"爱有两种，我这种是不好的爱！"

抱过去，头一挨枕头，就睡着了。

2011（书店，这门奇怪的生意）

1

二〇一一年十一月十九日，记录读易洞开店过程
的书籍《业余书店》首发在读易洞举办。当天下
午近百位朋友捧场，挤爆了狭窄的书店，营业额
超过六千元，是书洞开办五年多来营业额最高的
一次。

事前准备饮料小食，事后邀请一些朋友晚饭，号称
庆功宴，破费二千五百元，差不多也就是当日销售
之毛利，一进一出，两相抵消，耗了一通精力，赚
了一场欢聚？

这基本上就是开书店五年多来得失的浓缩版本。

2

关于开书店的投资与回报，跟很多人解释过，但解
释通常半途而废。

"铺子是自己买的，没有租金，老婆守店，没有人
力成本，所以……"

"这算法不对啊，商铺你出租出去呢，假如你老婆
出去工作的工资呢？"

最近正好在读《公正》这本书，我在微博上摘抄了
一段罗伯特·肯尼迪的演讲词：

"我们的国民生产总值并没有考虑到孩子们的健康，他
们的教育质量或他们玩耍的乐趣；它也不包含诗歌之
美和我们婚姻的力量、公共争论的智慧以及官员的正
直。它既不衡量我们的敏锐，也不衡量我们的勇气；
既不衡量我们的智慧，也不衡量我们的学识；既不衡
量我们的怜悯之情，也不衡量我们对国家的忠诚。"

有人问："那以上指标如何量化呢？"

我回应说："或许正是量化的意识，对人类精神的
丰富性及其美感带来了损害。"

也或许正是因为没有量化，读易洞才愉快地存在。

3

当然我们也算过账，但不是计算书店的盈亏，而是
从家庭生活需求的角度出发。

即使像我们这样的情况——店铺是自己的、没有雇

佣员工的负担，开书店也是不可能养家糊口的。在北京我们这样一个家庭，房屋按揭、日常生活、子女教育、社会保险、通讯与交通费用，一个月两万元的开支是必需的。如果全凭书店的收益生活，那每个月至少得卖十万元的书，每天的营业额得三千元以上，书还不能打折。这是个什么概念呢？就是每个月你都要卖出去一个小书店，每三天你就要去书市拉一后备箱的书。这对平均每天只有五六组顾客的社区书店来说，是一个根本不可能完成的任务。店内业务的真实状况是，一个月平均一万五千元的销售额，就已是营业额的极限。

因此，我们很清醒地认识到，不能依靠开书店的收益来生活；所以，如果开书店没有金钱以外的所得来平衡，就不可能保有持续投入的热情。

4

开书店首先满足了我们的兴趣与多年的愿望，这个不必多说了。

其次是家庭生活进入一个转折时期，夫妻二人不必要像过去那样每天在职场上、在堵塞的城市中奔命，我们可以相对自由地选择自己认为更有价值的生活方式。

第三点可能是最重要的，开书店是继续其他工作的一种给养，同时开启了工作和生活的新视野与更多可能，让我们可以拥有稍微不同于庸常的生活，在粉饰与虚荣中获得一些真实且不菲的能量。

5

话虽如此，真实的心理当然也包括：书店到底还是一个商业行为，书店经营收入带来的物质快感，肯定会加倍提升观念带来的精神愉悦。因此，尽管不求投入产出的平衡，面对投入的精力而不被顾客最终以适度的消费行为回馈，还是会产生一些不被尊重的感觉，甚至有时会产生一种厌恶的情绪。

比如：有顾客进店啧啧称赞，随意翻阅欣赏落座，当递上茶水单，他说不用；向其解释说这是消费区，顾客就转身离去，回去撰写博客："（这是一个）失去了人文精神的装B店！"

这样的事情时不时发生，开店的幸福指数就大大降低了。迫不得已，我们在消费区放置了"消费茶座"的告示，并在书架上设置"未结款图书请勿带入消费区"的文字提醒。

理解现实，了解自己，也不会觉得特别违心。

6

热爱书店是很个人的事，作为书店经营者，很不喜欢以"开书店"而赋予"责任"和"抱负"的描述。但书店这个特别的商业业态，却极具人文关怀的"符号"价值。

开书店的人给爱书店的人以梦想，爱书店的人给开书店的人以幻象。

开书店有两年，媒体报道多起来，有天我在网上居然看到一条对读易洞的描述："北京最佳的免费悦读空间。"这个描述直到现在还在不断地被媒体引用并广为流传。

媒体的报道还说，在读易洞看书，不花钱，随便拿一本书，在沙发上坐下，老板就会给你端上一杯免费热饮。公众对书店这门营生的期望与误解，由此可见一斑；描述前面加上"读易洞"，我感觉尤为别扭。

一直以来的观念都是：没有谁是上帝，尊重顾客，首先是看得起自己。

7

写到这里，足以从某个角度，看出现在的书店经营，是一门奇怪的生意。当前书店遭遇的整体困难，不是由于网店的冲击，更不是房租的问题，我个人认为的本质问题是，由于现代人的时间普遍不够，接受知识的方法与途径发生变化（碎片／图像／互动），从书中获取的阅读量迅速衰减，导致不读书，不买书。

有人建议，书店应当多元化经营，比如加入创意产品售卖等，可是，书店不卖书了还有必要叫书店么？

总之，对于书店的未来，我不觉得有任何刻意挽救之必要，顺其自然为好。

2013（一本书对我的影响）

1

2001 年到 2004 年的时候，我住在望京的一个小区。这个小区由七八幢三十多层的高楼组成，社区围墙外面就是车流如织的马路。我几岁的儿子只能在峡谷一样的小区里玩耍，四处都是硬地的铺装、夸张的台阶和粗糙的雕塑，只需要不到十分钟，这个小区就逛遍了。大铁门口有一小块平整的地面，这里是社区小孩唯一可以奔跑踢球的场所，但老人也喜欢聚集在这里，所以儿童玩耍得并不肆意。如果没有家长带领，你不会放心让自己的小孩独自外出。

那段时间我开始阅读《建筑模式语言》，并仔细地写读书笔记。模式二十一是这样描述的：

不高于四层楼：

1）高耸入云的建筑会使人发狂。精神病和犯罪率提升一倍。

2）居住的房子，"不高于四层"能恰如其分地表达出建筑的高度和人的身心健康之间的相互联系。

3）当母亲在厨房的窗户看不见自己在街上的孩子时，心里就焦急担心。数据统计，仅仅因为建筑的形态，儿童与外界的接触交流，一百分是满分的话，低层八十六分，高层只有二十九分。

这段笔记呼应了我当时的心声。条件成熟的时候，我选择了重新置业，搬离了望京，选择了较为低密的郊区。回头从区域发展物业增值的角度看，这是一个折损的选择，但它确实改变了我的生活方式。

后来经常有朋友做专题，调查影响你最深的一本书，这对我是一个特别简单的事。我会毫不犹豫地推荐《建筑模式语言》，当我不知道该做什么和怎么做的时候，我就看这本书。它营造的语言风格、价值观念、方法模式，渗入了我的工作和生活，比如如前所讲，甚至影响了我对儿子生活环境的选择。

2

社区有更安全的环境、更疏朗的空间，为儿童提供了更多探索的自由。但这远不能满足儿童成长的条件。《建筑生活美学》杂志第六期我们曾做过"社区公物"这一专题，调查了很多有关社区儿童的游乐设施，它们看起来非常不错，五彩斑斓，都是工业化定制，被固定在塑胶的场地里面。《建筑模式语言》里面有一段关于儿童游戏场地的模式表述，反思了这种现象存在的问题：

《建筑模式语言》模式之七十三：冒险性的游戏场地

1）游戏主要功能是培养儿童的想象力，看起来干

净、挺好的、有益于健康的其实恰恰让儿童变得
消极。

2）社区有条件灵活的发展冒险性和富于想象力的
游戏场地，应有更多的没有被沥青覆盖的地面，有
泥土，有干树枝，有岩石。这比儿童攀爬的滑梯和
秋千架强。

3）给儿童空间，让他们再创造自己的游戏场地。
我想起我们小时候生活的环境，没有围墙，在野地
里翻滚长大。当时武侠小说盛行，为了练成轻功，
我们躲着大人，从河边运了很多河沙到坡底，试着
从上往下跳，看谁的脚印浅谁就更厉害。这是我们
自己创造的冒险之地，在没有知识构成的成长阶
段，儿童的荒唐性正是其创造力的本源。

但现在的社区构建，用成人与成本的角度，用足了
场地，固化了各种元素。它几乎不提供儿童自己的
秘密、冒险的可能，各种游戏都在公开与安全为第
一的原则下展开。

3

儿童需要玩耍，也需要学习。在这方面，社区的准
备更加地乏善可陈。大人们把孩子往学校一扔，或
是周末把孩子塞进各类辅导班，就认为完成了教育
的责任。社区本身如何成为一个校外学习的课堂，
成为社区儿童认识社会和自然的途径，其实有大量

可实践的操作。

比如近年流行的儿童职业体验，社区的配套设施就可以辅助完成：带领儿童参观物业管理的流程、各种商店的工作，了解菜点超市摆放的各种商品，设计参与社区商业的交易活动等等。这都是建立身边课堂的现成素材。

《建筑生活美学》杂志第四期"社区标本"专题，我们曾做过这样的尝试，绘制了社区的地图和社区栽种的植物，将植物的环境位置与地图匹配，儿童拿着这样一张植物导览图，可以方便地找到植物并学习相关植物知识。这种学习模式极具延展性，从社区规划、建筑、景观、道路等等，都可以转化成为儿童身临其境的"课本"。

长假期间去体验三亚万科森林度假公园，印象深刻，它将自然保护的观念贯穿于景观美化的行为之中，比如对湿地、鸟类、植物的认识与保护，融于一整条社区的导览体系，这都是非常有趣并且有思想的尝试。

社区有向社区儿童传授生活方式的条件。建立社区的学习网，建立与社区的接触面，不仅仅是硬件，还有社区居民、家庭教师、热心帮助青年的行家、教小孩子的大孩子、讨论会、兴趣小组等能够参与的环境的营建，设想把他们编进"社区的课程表"，会创造多么有魅力的社区。这并不是遥不可及的理想，都是稍加用心便能付诸实施的事情。最大的难点，还是社会共同观念的养成。

前一阵，我儿子希望我以家长和社区业主的身份，跟社区小学的校长写一封信，说服校长准许他们周末进学校踢球。因为校长认为他们已经毕业，就不应该再进学校踢球了。我理解学校的规则和校长的担忧，但这种观念形成的土壤，已经分辨不清一个学校应承担的责任和一个校长应有的使命。

学校尚且如此，社区成为学校，任重道远。但同时，创造出一个与众不同的社区，存在极大的机会。

4

社区儿童成长面临的环境，还有比上面谈到的更急迫的更未知的问题。

从望京搬离到这里，我在这个社区已经入住了八年，儿子从小学一年级到今年进入了高中。社区只有一所小学，由于教育资源的稀缺、社会环境的压力、家长的急迫性，中学之后，社区里的孩子开始陆续搬迁四散。从最初搞一个生日会要为二三十人准备，一呼百应到学校踢球，在社区疯跑，到现在周末只有一两个小朋友在家对打游戏，这种变化无疑对儿童成长造成困惑与干扰。当然细想背后的社会动荡，每一个家庭的折腾与付出，更令人唏嘘，这是另外一个话题。

儿童对儿童的需要，甚至超过了他们对母亲的需要，正如《建筑模式语言》里说，通过详细的数据调查，儿童在成长期，必须至少和五个同龄儿童保持持续的接触。如果儿童与儿童不能在一起痛痛快快地玩，会对精神性格造成重大的创伤。

儿子的朋友们如今天各一方，通过 QQ 群朋友圈保持彼此的联络，技术创造了另一种保持关系的生态。没有了故乡的记忆、发小的维系，究竟对心理、成长会产生什么样的影响？这种担忧是多余的吗？未来不可定论吗？

5

用《建筑模式语言》之模式二十六：生命的周期，来回应上面这个问题，也结束本篇文章。

这段文字特别地美，让人相信无论社会如何发展，总有一些根本的东西，是人类独特性的生命的美感：

1）为了使人的生活过得美满充实，在其人生的不同时期，每一个时期都要划分得一清二楚，各具特色，决不雷同。对此，社区责无旁贷。

2）《认同感和生命周期》一书中，描述生命周期的不同阶段的八对关系：婴儿的信任对不信任，幼儿的自主性对羞怯和怀疑，儿童的主动精神对内疚，少年的勤奋对自卑感，青年的认同感对认同感的扩散，初出茅庐的成年人的亲密感对孤独感，成熟的成年人的开创力对迟钝性，老年的完整性对绝望。
3）与此相关，平衡的社区包括对环境的历史记录，
从一个时期到另一个时期的世俗礼仪，婴儿要有栏
杆的小床和诞生地纪念，幼儿拥有自己的地方和
特殊的生日，儿童有邻里的游戏的场所和最初的朋
友，少年有冒险的地方并付应付之款，青年有兴趣
协会和毕业典礼，未成熟的成年人有夫妻的领域并
建造家园，成年人有自己的书房和一些公共权益的
集会，老人则有家庭相伴并准备好葬礼和墓地。

2007（*教育无用，相信命运*）

子女优秀的父母亲，会把自己对孩子的教育方式奉
为金科玉律，《卡尔·威特的教育》就是这样一本
书。还有一本书叫《斯托夫人自然教子书》，斯托
夫人受《卡尔·威特的教育》的影响，把自己的女
儿教育得也非常优秀。我这人有点不好的想法，读
过《卡尔·威特的教育》的父母，实施成功教育的
案例有多少？不成功的又有多少呢？很值得怀疑。
一直以来，我对儿子与外面的小朋友玩耍持鼓励态
度，这是从哪本书上看的我不记得了，但今天我看
《卡尔·威特的教育》，吃了一惊，他对小孩子和其
他孩子玩耍持极大的异议。小卡尔的朋友，都是老卡
尔挑来挑去选择的，而且，当他发现自己挑的也有问

题的时候，他就不让他们在一起玩了。他的目的是使小卡尔始终受到好的影响，小卡尔因此而优秀？

扯远点。曾在某期《读书》读到一篇文章，《卧室里的大象》，谈孩子们对游戏的沉迷和大人的担心。里面有一段一位美国学者有趣的假设：如果几百年前人们首先发明了电子游戏，而书籍反成为儿童市场姗姗来迟的文化产品，文化批评家们可能会这样说：读书会造成感觉的迟缓；读书逼使孩子关门自守而断绝和同龄人的来往；读书把被动性广泛植入孩子身上，因为"阅读不是一个主动的、富于参与性的过程，而是一个唯命是从的过程"。

有人担心玩游戏长大的人自我中心意识过于强烈，喜欢沉溺于短暂的满足，其注意力与蚊子没什么两样。鼓吹游戏的人则说，网络时代比其他时代更杰出，可以接受不同想法，对周围事物比较好奇，更有自我主见与自信，兼具全球意识。

没有孩子的人不能体会这是一个父母面对的现实问题。比如我吧，一方面，因为自己所接受的观念，对待自己的儿子，可以用"放任"来形容。他想玩游戏，就让他玩；他觉得钢琴课太多，就减少一些；他喜欢的朋友，在我们的卧室翻滚也没有问题。他由此变得非常有主见，善于与人交流。另一方面，也发现，他的兴趣爱好保持的时间比较短暂，不喜欢阅读。真的就像有人的担心和有人的鼓吹。

他的小朋友知道我家有 PS2 游戏，经常来我家玩。其中有一个我比较讨厌，是一个五年级的小家伙，大我儿子几岁。我发现，他来玩，真的就是来玩游戏，而不是和小朋友一起玩。他一来，我儿子就只有傻呆呆地看他玩，而且这小子二十秒就大叫一声"我靠"。有一次我听见儿子在里面说：别打了，我们玩点别的吧。那小子根本就不搭理，有时候该回家吃饭的时候还不罢手。还有一次，我跟儿子在外面玩耍，这小子胸口挂一 U 盘走来，跟我儿子说，我这里有游戏，到你家去玩吧。我就觉得他在我们家才能找到自由。

我这人很矛盾，不够干脆，一方面，儿子邀请来的朋友，我应该尊重，同时心里也想，你不是儿子的保护伞，你能为他挑选未来接触的所有人么？无论好坏，都是成长的必须。还有我也发现，你根本不了解小孩子在这个过程中什么会进入内心，是别人的不好的习惯，还是别人的优点，你没发现的？但我觉得我还是应该跟儿子谈谈。

我开诚布公地说：我不喜欢他。

儿子有点吃惊：为啥？

他老说脏话"我靠！"

他说了么，我没听见啊！

这下轮到我吃惊了。

我没来得及说话，儿子接着说：如果他说了，我跟他讲，让他别说，如果他不说了；你就欢迎他了吗？

教育真的是很难的。我不能说，我不喜欢他是因为他只把游戏当朋友，而不是把你当朋友，说这种话是会伤小孩子的心的，何况你怎么能这么主观呢，万一有一天孩子们在外面打架，这壮小子难道就不会帮你儿子忙？

最后我说："我可不可以表达一下我的不喜欢嘛，我就是不喜欢他。"

儿子眼睛红了，盯着我，无声地掉了几滴眼泪。我觉得自己很无能，即使读再多教育的书也无用。

我就发现，父母就是父母，无论你接受了什么你认为正确的观点，你仍然无法摆脱那种血脉相连的焦虑；任何理性的思维在儿子的感情世界里都不堪一击，所谓理性的教育，真的是不了解人性。而教育本身，有时候，真的是很扯淡的事情。

《卧室里的大象》最后说，无论玩游戏的时代还是不玩游戏的时代，每一代都注定有着自己的恐惧与希望。所以，一切还是交还给命运吧！

2012（一封信）

> 邱敢好！
>
> 应学校要求，给儿子你写一封信。写什么呢？
> 我们交流的时间很多，几乎每天都会在一个

小时之上。我不知道别的父子如何相处，反
正我小时候你爷爷可没跟我说过这么多话。
我想我该告诉你的都已经说了，现在你有懂
的也有不理解的，接下来也可能重复也可能
我们都有新的领悟，总之更多的是靠时间慢
慢地蓄了。

前几天我们喜欢的乔布斯去世了。乔布斯出
生就被父亲遗弃，被别人领养。据说乔布斯
直到去世，也没和自己的生父相认。乔布斯
为人冷漠苛刻被同事朋友诟病是不是和这个
事情相关呢？我想说的是，我和你有很粘稠
的父子关系，祥和坦诚事无巨细，但未必就
是"成功"的教育。

为人父母仅一次，人生道理汗牛充栋，突如
其来的问题更是令人招架不住，顺其自然是
一种令人奢望的境界。所以，与其说写信给
你，告知你一些事情，不如说写信给我自己，
告诫应该放下一些事情。

这样讲起来好像有点沉重，换个角度去理解，
可以这样描述：每天，你高高兴兴上学，父
母开开心心工作，在一起的时候，你不抱怨
作业，我不抱怨社会，我们用一些时间讨论
如何改变，用更多的时间享受生活与艺术。

然后，你大了，我老了，我们接受所有的果。

最后，说两件具体的事情，不商量：

1. 洗澡要快，十分钟必须完事。

2. 周六日中午你负责洗碗。

D _ 猫奶奶回忆录

我的三个母亲

我的生母是养母的亲妹妹，我叫生母妈妈，叫养母保保。

她们在我很小时就告诉我，妈妈生第一个孩子时，能歌善舞的她为学生排节目导致早产加感染失去了这个小孩，于是生我时小心又小心，所有用品都是新的。盼我出生时妈妈念最多的是小天使何时降临，所以后来给我取名"晓天"。总之当时全家人对我是爱得不行。在我八个月大时妈妈又怀孕了，保保请求由她带我。当时她们都在一所学校教书，天天在一起，她们姐妹感情又十分好，保保还是单身，就这样我便多了个母亲。

当年家里请了保姆带我，她对我的爱也像母爱，全家对她似家人，我称呼她周保保，从小到大我都把她当母亲，所以我对人都说我有三个母亲，对她们我应尽养老善终的责任。妈妈共生六个儿女，只有我当姐姐的有三个母亲。

妈妈和保保姐妹俩都是上世纪三十年代四川大学教育系

毕业生。四十年代保保任泸县女中（解放后为泸州一中）校长，她治校严谨，校风极好，校内有很多优秀的教师，如朱抚季、何白李、赵其贤、王朴等。其中朱、何二人以后是泸州一中校长。

泸州一中的一区二区教学楼以及两幢教师宿舍、运动场等设施均是保保在上世纪四十年代她任职时督建的，完工后带领师生将泸县女中从泸县乡下搬到泸州市的瓦窑坝新校区。作为一个女人该有何等的魄力。解放后被扫地出门，家产被没收，连全家换季下来的冬衣都被拿走。记得当时我们的家在泸州市上平远路横街子，房子大门上刻有"晓卢"二字。据说解放后一个叫甘专员的人住进去了。

解放初期的"三反"中，保保曾被斗争，在泸州二中学生食堂的台子上跪炭渣，双手被反绑。未满十岁的我躲在角落泪流满面目睹了一切。那段时间她失去自由，我放学争取经过她被关的小屋让她看到我，远远招招手。经过思想改造，组织安排她去泸州二中当老师。

到一九五八年不知什么原因领导要她在一张表上填写本人自愿退职，从此她失去公职。那时我在泸州一中读高二，退职那天家里来电话叫我回去，保保躺在床上，我妈妈也先到她床前，见到我时她一把抓住我的手大哭说晓天我对不住你们。那个年代没有工作便没有一切，我们没有任何争辩的权利，什么也不明白，表格是领导准备好的，明明是领导要清除一个旧社会来的知识分子，又找不出任何理由（她当校长时在师生中德高望重，是一个很有思想的教育家）。

为了生存，以后她当过民办小学教师，在通花厂中做过纸花，在印刷厂的装订车间装订毛泽东的老三篇。保保告诉我装订一小时可以得八分钱，想多干，但年纪大手脚慢，一天只抢到三四个小时的活，也还帮别人带过小孩。在那些日子里，虽然极度艰难，她依然处世泰然。她每天读报（报纸是她过去的学生读后从贵州寄来的），出门衣着整洁，彬彬有礼，在那些有权势的人面前从不低头，对比她困难的人她总是抱以同情和力所能及的关怀。她是一个有智慧、有头脑、会思考的人。直到一九八四年，那个退职的确不是自愿，国家才给她落实政策让她重新成为泸州二中教师领取退休工资，工龄从一九五二年算起。一九八八年，泸州一中校庆，她作为老校长被请回校上台讲话，一九九五年她以八十八岁的高龄仙逝。

我的妈妈和保保姐妹俩一生只有五年时间没有生活在同一城市，我实际也是在两个家庭中成长的。和绝大多数有养母的孩子不一样，我是由于太多的爱使我有两个家

庭。妈妈生了六个儿女，保保也在我四岁时结婚生了一
个儿子，妈妈还有一个妹妹也有一个儿子，从血缘上说
我是六姐弟，从情感上说我是八姐弟。

一九五○年爸爸妈妈从德阳回到泸州一中任教，那段日
子过得很好。妈妈酷爱京剧、昆曲、话剧，经常在周末
带上我和三个妹妹去泸州剧场看演出。还可以吃西红柿
鸡蛋面。曾经遇到雷雨天回不去，我们就在舞台上睡觉。
有时又带我们去教师俱乐部，看别人下围棋。记得妈妈
还在学校排练话剧。她不仅当班主任，一周还上很多课，
最多时达三十多节（法定一周三十六节）。她教生物和人
体解剖，让学生亲自动手解剖小动物，带学生去泸州医
专参观人体教学标本。妈妈生性活泼开朗，极具亲和力，
很多学生喜欢她，在五十年代我们一家人走在泸州大街
上，有的男学生会跑来拥抱妈妈，有的学生就叫她妈妈。

一九五六年冬天进行的"肃反运动"彻底改变了我们的
生活。因为爸爸解放前也当中学校长，被划为"历史反
革命分子"，五七年被判劳动教养。爸爸也是四川大学
毕业生，学历史的，他们在大学相识相恋结婚，感情至
深。爸爸是妈妈的依靠，是精神支柱，一下没有爸爸的
日子，在外受歧视，家里有六个未成年的儿女，还有近
七十岁的婆婆，我的妈妈要何等坚强才能挺过去。此后
她被调到泸州师范当过教师，"文革"中当校医，一切

现学。六十年代初的困难时期妈妈体重由一百三十多斤减至七十多斤，患功能性子宫大出血，我回家看见铺床的谷草上都浸泡着血。我的两个弟弟也瘦得不行。一九六一年的元月，我的祖母病逝，妈妈不让我们告诉爸爸，直到六二年爸爸被释放回家才知道。棺材是我去买的，墓地是我选的，大概在忠山下。请一个人拉着一辆板车，妈妈带着我们姐妹四人去送走我们的祖母——爸爸亲爱的母亲。

很多年后我们姐弟在隆昌偶见一个妈妈在泸州一中的学生，他从我们说泸州话逐渐了解我们是谁，他吃惊地说你们都还活着吗？可见在很多人眼里我们是活不下去的。但是我们都活下来了，而且六个儿女都有出息。妈妈不仅要承受生活重担，供儿女上学，还要面对各种政治压力，所以爸爸的姐姐、姐夫称妈妈是全家的功臣。

我的爸爸也是一个优秀的历史教师，六二年回家后没了工作，他的学生请他到民办中学教书。当时我和两个妹妹先后参加工作，家里条件稍有改善。但六五年"四清运动"开始，爸爸作为有历史问题的人又被清除回家，更让人伤心的是妈妈所在单位宿舍也不准爸爸居住，也就是说爸爸有家不能归，爸爸妈妈又被分开过。妈妈为爸爸在离家不远的地方租了一间屋子，门口的屋檐下放做饭的炉子，妈妈下班后去吃饭，晚上回到单位住。当时最小的弟弟刚上中学。这样的日子一直过到"文革"结束。

这些年爸爸患脑血栓致左半身瘫痪，后经治疗能走路。这里我得说说那间租屋，实际是别人房子的过道隔出来的几个平米，人进去坐床边，吃饭也在门边吃。"文革"中爸爸每天必须挂上"历史反革命"的黑牌去扫街，扫完回家牌子必须挂在屋门外。这是何等地屈辱。妈妈坦然经受了，我们作为子女在妈妈的影响下也坦然面对。我们有了孩子后从外地回家一样挤在那门边吃饭。那间小屋至今给我留下深刻印象。

"文革"结束后爸爸又被泸州四中请去教书，一九八四年给落实政策，摘掉"历史反革命"的帽子，恢复公职，成为泸州一中退休教师。从一九五六年的冬天到一九八四年，整整二十八年，我从十五岁长成人，我的大儿子都十六岁了，多么漫长的岁月，贫困、屈辱、惊吓、病痛，妈妈经受了。我的心目中她是伟大的。不过我至今不明白什么叫"历史反革命"，这个名字从何而来？

妈妈和爸爸一辈子相依为命，爸爸的苦难也就是她的苦难。精神上的摧残比物质上的穷困对人的打击更惨烈，爸爸能活到九三年，七十九岁，是妈妈给了他温暖，是她的爱教育子女爱多灾多难的爸爸。不管外面政治风暴如何强烈，家中乐呵一片，很温馨。爸爸去世时我们姐弟无比悲伤，当时很多同事不理解，只有我们自己知道，妈妈这次真的是永远和爸爸分开了。一九九五年的九月十八日，妈妈随爸爸而去。

我的第三个母亲姓周，我称呼她为周保保，资阳县人，我在资阳出生时家里请来照顾我的。她当时已二十八岁，未婚，家里原开染房，后因失火败落，她吃素，在我们家做事达十一年之久。后因解放，家里不宜用人才离开的。妈妈生的四个女儿两个儿子她都带过。她十分能干，在我们家学会认字，可以简单记流水账。家里买什么吃什么，妈妈从来不管。她脾气躁，不满意时连爸爸妈妈都敢呵斥，爸爸妈妈也不介意，我们不听话她也敢拍拍打打，就是打哭了爸爸妈妈也不会说什么。她在我们家里对我们的爱也是众所周知的，对我尤其如此。我从小就特别亲她，心疼她。也可能是妈妈的善良长期告诉我周保保无儿无女，我们长大后一定要供养她，所以我一直就把她当作自己的又一个母亲。事实上我工作后工资只有三十四元时我给三个母亲便各寄五元。

周保保从我们家离开后在别人家也干过活，一九六二年她回到资阳。回去之前我向当时我工作的隆昌二中提出将她户口迁来，学校了解情况后也同意。但她回老家后看见自己在外二十余年老母无人照顾，便决定回资阳了。

其实她回去后的日子很艰难。我们几姊妹和俩弟弟都轮流去资阳看过她。她没有正式工作，以打零工挣钱供养老母，做得最多的是在糖果厂包硬糖。每天早上五点前必须去抢活，抢得多挣得多，抢时可能还会和别人吵架。记得一个临时工欺侮她，她向我倾诉时竟骂别人是临时婆娘。那时我经常半夜醒来，看看时间，会想到她又去干活了，特别在寒冷的冬天。

周保保还干过一种活，就是生产包装捆绑需要的粗麻绳。相距二十多米远的两端安放绞绳设备，不断把麻输送上去，全靠人力摇手柄将一丝丝生麻绞紧成绳。人还得来回整理收拾绳子。而且送上去的麻必须是湿润的，所以不断要浇水。很重的体力活。我和丈夫明熙带着两个儿子去资阳过过几次年，最辛酸的是一九七六年的春节，我们一直帮周保保绞绳子到晚上十点过，这是大年三十晚上，这个最特殊的日子依然以每天如此的劳动度过。我心疼她，觉得辛酸，但她却觉得那是最快乐的一个春节。

那个年代我没法帮她提高生活水平。她不仅侍奉九十高龄老母，她在新疆打工的弟弟给她带回一个非婚生的女儿。这个孩子是一九六三年生，没有妈妈，从婴儿起就由周保保抚养，七十年代送到我家上初中，然后回资阳招到供销社工作。周保保为这个孩子操办了婚礼，八七年我去资阳时家里有全套新家具。以后又带小外孙。周保保一直没法离开资阳。我盼她在我家养老的愿望一直没实现，周保保于二〇〇〇年十二月三十一日去世，无疾而终。以后一唱"在那遥远的小山村，我那亲爱的妈妈已白发苍苍"，首先想到的不是我的妈妈和保保，而是周保保。每当谈起她们三位老人时，说到妈妈和保保我不一定流泪，但一说到周保保我常泪流满面。

三个母亲都给我爱，我在成长过程中被母爱包围着，我是幸运的。她们又都以自身高尚的人格影响我并造就我，使我能成为一个有责任心有爱心的人，我感谢生我养我的母亲们。

自行车

一九六五年和明熙结婚时我在隆昌教书,他在富顺教书,
两地相距四十多公里,每天也有长途汽车,但班次很少。
公路窄,且是碎石加泥土,天晴时汽车一过尘土飞扬,
下雨时道路泥泞,汽车一过泥水四溅。我们教书的两所
学校都在城郊,就算坐公交车去,乘车与下车后都分别
花一小时赶路。周六下午放学后绝对没有公交车了,于
是明熙花三十元钱去买了一辆旧自行车(当时一月工资
四十二元),经过一番修理,用四个多小时从富顺骑到隆
昌。我们有了自己的车便可以一起度周末,一下有了家
的感觉。当时亲人和友人都怕他路上不安全,路况极差,
大多时候是在晚上骑,可是他一点不怕,真要有很大勇
气才做得到。

六五年秋天的一个晚上,大雨如注,明熙竟然在快十一
点时到了,穿了一件向别人借的雨衣,手上、鞋子上、
裤子上全是泥。他说骑到半路天全黑了,雨越下越大,
眼镜上全是水,前面是路还是农田根本分不清,白晃晃

的一片；路上没有行人也没有车辆，关键是骑一段路挡泥板和车轮间塞满了泥，必须用手去摸着抠掉才能又骑一段。雨夜在泥泞且无照明的路上骑车，孤独无助，该是多么劳累和辛苦。

六九年的那次却不仅是苦，而且是险了。那时正是"文革"期间，隆昌县的第八化工建筑公司算是大企业，公司后面的路比县城内其他街道都修得好，缓缓的坡道水泥路面，全长有一两百米，一走上这段路感觉特别好。但这段路差点要了明熙的命。那是六九年冬天的清晨，五点过给他做了饭，他吃了赶紧骑车回富顺，下午还有两节课。我所在的隆昌二中居全城最高的楼峰寺山上，回富顺比来时轻松多了。由于那天天未亮，他出去后都十分小心。可是骑到"八化建"那条路上时，刹车放松了，速度加快了，没想到危险也来了。六九年"文革"中的隆昌很乱，派系间荷枪实弹地打过仗。"八化建"的大卡车怕被偷走，司机们抬了很多石条拦在他们公司背后的路上。明熙在昏暗路灯下根本没看见那些大块的石头，自行车一下冲过去，重重撞在石头上，自行车和人翻过去，明熙和车被摔离几米远，车杠摔弯。当时"八化建"已有司机准备上班，看见出事了立即来帮忙，却只见车不见骑车人。过了一会儿明熙在昏暗中从地上爬起，只感觉屁股摔疼了，胃有点不舒服，他想可能早上吃太饱了，其他便没什么不适。那些司机都很吃惊，老天爷保佑他不仅没有摔死，也没有摔伤，他还要赶路回校上课。他请司机帮忙，竟然把自行车车杠扳直了，四十多公里的路骑回去了，到了富顺城里才把车子放到修理店。下午上了课，晚上给我写信。两天后我才知道那天早上的事。这究竟是人厉害还是车厉害？

还发生一件可笑的事。一个周末晚上，已近十一点了，天气又好，明熙若要来隆昌早就该到了。那时全校只有办公室一部电话，他是否来什么时候来全然不知。我在学校的好友云萍家来了一位男性客人，是她姐姐的未婚夫，那时大家住房都很小，到十一点了，决定把我的单间借给云萍的客人住，我到另一个单身女老师家去住。没想到大家都入睡后，明熙到了。一敲门，开门的是一个男人，还说不认识我更不知道我在哪里。只好叫醒邻居帮忙找我。邻居知道我们教研组的余佩琴老师对我像大姐像长辈，她比我大二十岁，终身未婚，估计我在她那里。果然在那里找到我，佩琴大姐立刻抱着衣服出去把房间让给了我们，那晚上她又去谁家我都来不及问。平时她因为独身，十分爱干净，更没有男性住她的屋，当时我和明熙十分感动，觉得她更像母亲。

当然这辆车装载的更多是快乐。六九年因"武斗"隆昌与富顺间的公交车完全停运。明熙为了我搭自行车方便特意降低后座高度，为了我们的大儿子也能乘车，又在后轮一旁挂了个背篼，里面放一个小凳子，未满两岁的儿子坐在里面比较安全，但下坡时儿子会说妈妈拉着我的小手手，因为我坐在自行车上是背朝着儿子的。我们从富顺到隆昌，从早上出发，平路和下坡就骑着走，上坡我就下车，一块儿推着车子走。一路上看到的是田园风光，一家三口走走停停，心情十分愉快。当然我们一直到下午四点过才到。

七十年代我调到富顺二中工作，从此这辆车结束长途奔波，但我们全家人骑在上面的时间更多了。因为二中离城区走路要花四十多分钟，骑上它可以轻松得多。我们是很爱玩的家庭，那时的周末就进城游街，小县城小街道小商店也看得津津有味。每次必去新华书店，买小人书，如高尔基的《我的童年》、《我的大学》、《在人间》等，画得好极了。工资很少书却买得不少，甚至买了当时所有样板戏的剧照。我们买布自己剪裁一针一线缝衣（没有缝纫机），会纠结多买一寸还是少买一寸布，可是买书时是舍得的。我们还爱看电影，没故事片看纪录片也行。

有了小儿子后，自行车上坐过我们全家四口，明熙在前面用乒乓球拍给小儿子做了个座位，冬天穿得厚，他骑上后小儿子几乎被拥在他怀里，挺暖和的，他戏称自己是袋鼠。我弟弟说姐夫像演杂技的。车子跑来跑去，儿子长大了。大儿子未满九岁，趁我们不在家时偷偷学会了骑车，应该说是溜车，因为脚不够长够不着脚踏，从车杠间伸脚过去踩脚踏。进城时我们在后面走，大儿子溜着车在前面，那时感觉很是骄傲。小儿子学会骑车也是这一辆。

这辆车还干过不少重活，家里烧的煤全靠明熙用车运回来。是人累还是车累？

八四年他去当副县长还骑这辆车上班，我们全家人都觉得挺好的，可是一些好心人不断说不安全，劝我们重新买一辆，我当时决定要买就买摩托。八五年我们买了一辆轻便摩托，那条路坡太多，过去的二十年骑得太累了。那辆自行车完成了它的历史使命。一天一个收旧货的劝我们卖给他，我们不舍得，他说放在楼梯间有人会偷走的，想想就答应了，他给了五块钱。三十元买的骑了二十年最后又卖了五元钱，这是一辆什么车呢。

工作调动

我毕业后分配在隆昌二中工作。六十年代的大学生能分
在成渝线中点的隆昌县城里工作是幸运的,因为那时大
多数恋爱双方的人不可能同时分在一个地方,交通方便
就是照顾了。我们学校在六二年来的一位四川大学中文
系毕业生原本分在北京,未婚妻却被分在四川的盐亭,
他希望调盐亭工作,便与分在我们学校的一位教师对换,
来到隆昌二中。他想回到四川就好了,殊不知从隆昌到
盐亭好几百公里,要见面,转车又转车,于是他又年年
跑调动,直至六七年底调到盐亭(据说距他妻子还有一百
多公里)。道别时我们祝贺他成功调动,他对每一个人说
的是同一句话:愿你早日调动。他满怀喜悦,我们神色
凝重,很是悲壮。

六五年我和明熙结婚后,也向双方学校提过调动的事。
两校校长都表示愿意要人而不放人,似乎对我们都十分
器重。富顺二中裴校长甚至对明熙说你二十五岁就结婚
了,好多人在你这个年龄还没着落。此后我们再没好意

思提调动的事。

"文革"开始混乱而艰苦的生活给分居两地的我们带来更多苦难，尽管如此我们在六七年底有了第一个孩子。孩子是小婴儿时我带回隆昌，一岁后隆昌与富顺哪边平静孩子就在哪边。记得六九年初夏隆昌城区中学教师都到乡下劳动，整整两个月住在乡下，孩子自然跟着明熙。那时经常下达中央文件，不分白日夜晚，说集中就集中，说游行就游行。富顺二中老师告诉我说，明熙用背带背着孩子游行，大家逗孩子玩，一叫孩子，父子俩一起笑，乐不可吱。而我想孩子想苦了，每两周休息两天，从那个叫响石山的地方完全走乡间小道，八十多里路，要在狮滩过沱江然后回富顺二中，从清晨走到下午，短暂相聚，第二天又得走回去。回去时明熙要送很远，有时就送到住地。

关于调动，可望而不可即，到处乱糟糟的，生活不安定工作不安定，所以没有去想它了。可是有一天幸福从天而降。七〇年元月的一天我带着儿子回富顺，车子开到三分之一路程的小镇付家桥，因为坑坑洼洼的路，车开得很慢，我突然看见车窗外明熙吃力地骑车过来，我大声叫他，司机也立刻把车停下。我下去一问，知道是富顺二中刚调走一位数学教师，学校要进一个人，而且愿意要我，于是他立刻赶到隆昌希望隆昌二中放我。车子停着等我，长话短说，隆昌二中必须见到富顺二中要人的函（即倒调函）才能决定放人，也就是说他必须返回富顺。我和儿子继续坐车，可怜明熙又骑余下的三分之二的路。我们到了车站，等他四个多小时他才到。当天晚上我们便获得那份珍贵的倒调函。

调动的过程我在隆昌二中听得太多，下一步我要书面申请调离，持这两份材料要求隆昌二中出具放我调走的函件。本来办理调动双方函件都应由学校人事从邮政送往，可是七〇年到处都不正规，我们决定亲自送函。第二天一早我乘车回隆昌找当时的领导叫革委会主任的办理，一问才知道领导们不知跑到哪儿去了，所幸的是学校公章在教美术的胡老师手里。可是胡老师也回自贡市乡下的家，家在哪里呢，说只有回自贡市区的王主任知道，打听到王主任地址我便回富顺了。接力棒交回明熙手里，自贡市只有他去跑，因为要走很多路。

第三天一早明熙出发去自贡顺利找到王主任问好了胡老师所在地，只知一个小地名，亏得明熙问路找到大方向径直前往。凑巧的是那位老师出门赶集，竟在路上遇见了（他们过去是认识的）。胡老师不是领导却管着公章，明熙自己为隆昌二中写了同意我调动的信件，胡老师在上面盖章，同时在我的申请函上签署同意并盖章，明熙如获至宝赶回富顺。

第四天一早我带着三份材料回隆昌，找县里管人事的领导批准，然后由人事局出调令。可是隆昌县革委的头头们去北京开会了，我如法炮制，找管县革委会公章的人。说实话那几天我们处于高度兴奋状态，大脑飞速运转，主意一个接着一个。打听到管公章的人是原县法院院长，我喜出望外。因为我们在响石山劳动时，县里的下台干部也分在几个学校的劳动点劳动，而这位法院院长就分在我校且是我所在的组。虽然当时大家都不怎么说话但都认识。真是天助我也。与胡老师一样公章也是放在家里，签同意并盖章是在吃饭的老式木方桌上进行的。我拿到县里同意放人的尚方宝剑，立刻去人事部门办调令。跑了几天带的都是手写文件，我现在从窗外看到有调令二字的印刷品了。激动和兴奋无以言表。接下来办户口粮食转移关系都一路顺利。

第五天按余佩琴老师指点去雇板车准备搬家，几个好友买了一只鹅做菜一起吃顿饭。这天下午看见李征和余策彰二位老校长，我抑制不住内心欢喜把调令给他们看，我以为他们很高兴，没想李校长说你不要走我们想法把你爱人调过来。我一下眼泪夺眶而出，你们帮忙，你们在位时没有做到，现在权力都没有怎么可能呢，但我相信忠厚的李征校长说的是真心话。有意思的是管公章的人有权力，而我的调动是由一个普通的美术教师和一个下台的法院院长决定的。因为他们手里有公章，即官印。

第六天一早板车来运我的家当，佩琴老师帮我把未烧完的煤和一些生火用的柴火都装上车，泡菜坛的盐水倒掉后也运走，而我则坐公共汽车回富顺。

从知道消息到办完调动、到搬家前后六天，少有的高效率。我在隆昌二中工作九年，对那里有很深的感情，离开后回去过几次，佩琴老师活着时是为看她，另外有两次是为见我的学生。调到富顺二中后再也没有调动。

大串联

六六年的初冬，全国是一片红，红色的标语，红色歌曲，红旗，志气高昂的红卫兵成批到北京接受毛主席的检阅。可是我当时由于出身不好受到冲击，我宿舍的门上窗上贴着大字报说是修正主义苗子之类，心情不好（"文革"前夕我在学校任少先队大队辅导员，教学上经常开公开课，地区教育局教研室指定我写过经验文章）。学校一位教体育的女老师培华对"文革"充满疑惑，她十分想弄明白究竟是怎么回事，于是找到我想一块儿出去"串联"。我很愿意，后来不知为什么两人的事变成三位老师加四个学生组成隆昌二中第一支步行串联队，出发时开会欢送，领导授旗，大有官办意思。这支全女性串联队就扛着旗背着铺盖卷出发了。路线是从隆昌到重庆再到成都，全徒步而行，不管各人因什么原因出去，都充满革命朝气。走出去才知道天地真的很宽广，那么多串联队，在公路上，在乡间小路上，队与队见面都要互相致意，很亲切，自己都往是长征路上的革命同志上想。特别是看见田间劳作的农民我们会停下，给他们唱革命歌曲，宣传革命道理，就像老人家说的：长征是宣言书是播种机。我们被教育得有强烈使命感。现在觉得可笑，那时感到神圣。

决定去"大串联"我便写信告诉了明熙，等他安排好、骑车到隆昌时我们已出发。他不放心我走那么远的路，决定追上我们，于是他骑自行车"串联"的历程也就开始了。我当然不知道他追来了，我们按大家行进路线尽量不绕道，所以没有全在公路上走，但明熙骑车只有走公路，因此真要碰上也是不容易的。不过今生嫁给他注定是缘分。我们走到永川又上公路了，那天快中午时他追上我们的队伍，见面时太高兴了，要是现在我就离开队伍和他一块儿走了。但是在六六年那个年代，我觉得是在进行"文化大革命"，不是出来玩的，临行时学校还有重托；所以一起吃了午饭他推着车陪我走了一段就分开走了，他继续骑车，我们步行，他肯定会先到。以后怎么碰面就不知道了，我们都没有到过重庆。但后来真见面了，是缘分更是奇迹。

我们走了几天，过了江津、巴县，翻过歌乐山直奔沙坪坝。终于到了重庆，大家都非常兴奋，我们住在重庆师范学校的接待站。那时沿途都有接待站，吃饭住宿都不要钱，但要登记姓名职业政治面貌，特别要登记家庭出身，真是打上的阶级烙印无处不在。住下后，那位真正想了解"文革"的培华老师便到处看传单研究新动向，而我则出入沙坪坝许多接待站，一页页翻开登记册找明熙。大海捞针找不到。以后白天和大家一块儿活动，首先去重庆大学等大专院校了解"文革"进展，然后参观红岩、渣滓洞、白公馆、曾家岩等，自觉接受教育，狠斗私心一闪念。但我的私心是想找到为我而来的爱人。所以我每到一处继续在接待站的名册上找明熙。在曾家岩，我想他应该在那里，那一带的接待站我是一家挨着一家找，还是没有。这些天我们也没有全闹革命，我们也去杨家坪的动物园和市区玩过。

六六年的十二月四日重庆大田湾体育场将举行万人大会，要声讨谁，当时重庆的两派斗争已白热化，两派的人都将参加大会。那天早上一辆辆卡车把要去大田湾的学生、民众送过去，我们很有秩序排队爬上车，没有车篷，那天特别阴冷，好像长这么大没有这样冷过。车子停在体育场的一道大门外，我们未能从这道门进去，因为人太多，我们围绕着体育场走到了正门。这里有人维持秩序，跟着人流进去一看，场内早已人山人海，口号声此起彼伏，各队战旗横幅形成红色海洋。我这个人一贯胆小怕出事，建议出去，大家都没见过那种场面，诚惶诚恐，于是都同意了。要出去更是不容易的。挤出去身上的寒气全无，站在体育场大门外也走不动，放眼望去都是密密麻麻要挤进场的人，我们靠着边上慢慢移动。突然我眼一亮，远远看见明熙也在要进去的人流中。同行的老师学生都帮我喊，因为离得远，生怕一会儿挤不见了。就这样我们在这样的时间这样的地点在茫茫人海中相见了。我们为什么在这个时候走出体育场呢？也恰好这道门，又幸好人多走不动，真是很神奇。现在我很喜欢《奇迹》这首歌曲，相信真有奇迹出现。实际上他到重庆后，先到处抄首长讲话中央精神，然后也找我。但他住在北碚西南师范学院，我在沙坪坝，怎么找得到呢？

见面那天据说体育场内发生打斗，传言打死了人。当天下午我和明熙重回大田湾，想了解个究竟，体育场内已没有了火药味，人也散了。当天晚上我们俩在两路口的路边台阶上坐到深夜一遍遍听广播，有人写了一首歌曲悼念死者，旋律很好听。当然打没打死人一直不知道。以后两天我离开串联队和明熙在市里到处跑，去了解放碑、朝天门码头、鹅岭公园等。在解放碑附近一家两层小洋楼吃罐罐鸡，算是自六一年工作以来最奢侈的一餐饭。临桌一对老年夫妇，显得高贵而优雅，他们吃的是气锅鸡，喝了两瓶啤酒后那位老先生一招手又要来第三瓶，我们大为吃惊，能喝那么多吗？因为我们没喝过，而且也不像我们那些地方大声叫喊，再来一瓶。多年以后明熙喝啤酒时，我俩常想起那对富态而安详的老夫妇。

从重庆到成都明熙选择坐火车走，把自行车托运到隆昌。

我们三位老师是带着革命任务出来的，步行"大串联"坚持走到成都，所以继续走。不同的是心情轻松多了，不再到处去宣讲革命道理，唱革命歌曲，更多去欣赏大自然。去璧山方向有很多温泉，路边流的小溪都冒热气，在铜梁参观邱少云纪念馆。后来串联队的旗子也不扛了。只是我在途中两次小病，在安岳打了一针，在另一个小镇因受寒肩胛骨疼，自己买了一两烧酒，倒一点在一个粗碗里点火烧热，用它擦揉患处，第二天就好了。

我们的路线是离开成渝线的，说要近得多，但还是走了十多天。过了简阳翻龙泉山时天下小雪，大家心情都很好，路很好走。进成都市时好像是牛市口，学生又把旗子扛起，去九眼桥往四川大学接待站，这是我们的目标。到了那里我放下背包就离开了，直接去了在川医药房工作的四妹处。站在取药窗口，四妹高兴得直跳。明熙已先期到达，接着我二妹和大弟都因为"串联"在这儿。四妹说可以组织一支兄妹串联队了！虽然不"串联"了，几姊妹还吃了一段时间川医接待站的饭。

走了那么多路，革命热情却日减，我们那支串联队在成都就散了，真是革命尚未成功，同志仍须努力。我是心情走好了，带着疑惑来的培华老师不知明白没有，总之她回校后，在叫二月逆流的日子，被软禁在不足十平米的房间天天写检查。足足两个月，出来时教体育的她脸色苍白。她告诉我什么也写不出，天天望着窗外的槐树，看见它发出嫩叶到绿色满树，又开白色的花到花枯萎凋谢。不过她是有信仰的，不管正确与否，我敬重她，因为她的信仰没有功利，也不害谁，就在她头脑里。

结婚的礼物

说起我和明熙结婚，先有一个沉重的话题。

那个年代找对象很在乎对方家庭的阶级出身，父母是否同意仅是一方面，有时还要组织同意。比如我好友云萍的姐姐，就因未婚夫在通讯部队而未获批准。他们是高中同学，感情深厚，被强行拆开，实在悲凉。以后三十多岁才另找对象结婚。照理我和明熙都当老师，谁也不在保密单位，可是由于六五年开始了"四清运动"，我爸爸过去被定的历史问题使得富顺二中当时的领导不同意出结婚证明。同时团支部还开会帮助他提高认识最好和我分开，说怕影响他的前程。我们是大学同学，从认识到恋爱已快六年了，明熙一个大小伙子被逼得哭，眼看要放寒假，只好在信中含蓄说出原因，我看到信完全懵了。去找我校余校长，他十分生气，认为富顺二中领导想法有问题，并当着我的面打电话给当时富顺二中在校的商孙副校长，申辩说我在隆昌二中表现是不错的，但没说通。我很伤心，记得我在课堂上讲完课，站在教室最后面靠着墙，看学生写作业，静悄悄地直想流泪。因为关于不被批准结婚的事真是听得不少，我想以后我肯定找不到明熙这样的人了。我在隆昌无助，明熙却在富顺抗争，他想到在合江县参加四清运动的裴既清校长，他是学校第一说话算数的人。于是他写信给裴校长，当时也不知裴校长的态度，只想作最后争取。没想到裴校长收到信后当晚就在农民家中的煤油灯下坐在床上赶写了回信。说不应阻挡我们的婚姻，说出身不能选择，但前途是可以选择的，并根据他的了解，对我作了许多肯定。这封信是我们结婚收到的一份具有特别意义的礼物。富顺二中在校领导因此开出结婚证明。

六五年元月二十四日，富顺二中工会为我们举办婚礼，工会主席当主婚人，教研组长当证婚人。双方家庭只有明熙的弟弟来了，还是一个正读高中的孩子，所以我们的婚礼是革命大家庭操办的。因为明熙在富顺二中读书又回校教书，很多教职员工看着他从少年长大成人，加上前面发生的事，很多人为我们高兴，那天晚上的教工俱乐部灯火通明，很是喜庆。那个年代没有婚宴，糖果我们也只有能力买十元钱，学校来了那么多人为我们祝福，大家也送了礼物。这些礼物很具时代特征，全是《毛泽东选集》的甲种本和乙种本，还有印有雷峰头像封面的精装日记本，家里桌上堆了一大摞。

明熙也送了我一件礼物，事前没有策划，没有准备，但不失浪漫，完全是凭灵感的心心相通。他在婚礼后为我装了一个矿石收音机。他知道我喜欢音乐，买收音机是绝对没有条件的，而我从来也没有奢望自己有收音机。所以当他颤抖着手用粗糙的材料装成功时，声音传来，我们兴奋不已，可是一会儿又声音远去，断断续续，他自己都不满意。几天后又改装为电子管单管收音机，放在一个小木盒中，开学后我带回了隆昌。虽然效果比先前那个矿石收音机好些，但我却没有明熙会调试，真要听得通畅也是不容易的。当时只能收听中央人民广播电台节目。只要能调出声音我就十分满足。

记得六五年有一部记录新疆建设兵团的影片，其中两首歌曲我实在太喜欢，尤其是那首《边疆处处赛江南》总萦绕在脑海中。当广播电台节目中每周一歌播这支曲子时，正好是晚自习第一节下课时间，提前几分钟我已坐立不安，不停看表，下课铃声一响我冲出教室一路小跑回宿舍，边跑边摸钥匙，开门开灯，戴上耳机，转动天线，全过程都十分紧张，心脏嘭嘭跳，就怕错过播放。多年以后买过收音机、录放机、电视机、MP3 播放器、电脑，等等，许多歌唱家从不同角度去演绎这支歌曲，我都不放过听的机会。九五年春节文化部的音乐会中一名叫董青的演员唱了《边疆处处赛江南》，姑娘们穿着绿色的薄纱衣服伴舞，实在美极了。跟着儿子到北京住在万科青青家园后，参加社区合唱团，排练这支歌曲时十分激动，很想告诉所有人我四十多年前就会唱这支歌，而且是什么原因会唱的。其实有很多歌曲唱后会逐渐淡忘，而这支歌曲为什么能让我几十年不忘，总也听不够？那是因为在我心灵深处有着一个美好的情结，总能唤起我对青春的回忆，回想起那个小小的，并不精美，却让我幸福满满的单管收音机。

家住女生院

明熙回到富顺二中当教师，在七九年以前住在女生院。女生院是女生宿舍，一座大四合院，大门向南，东面和北面是一间间能放十张学生上下床的大屋子，西面是一排两小间连着的屋子。向西外面的一排小间最初都住单身老师，以后由于学校教师增多，结了婚生了孩子继续住在这里，只是"文革"学生减少，有老师便把一些学生住的房间给占了，其中包括我们。

女生院坐落在一大片树林中，起大风时树木被吹得哗哗响，整座建筑就在沱江边山坡上，每天迎着朝阳，东面的房子一推开窗就看见河面泛着的亮闪闪的光。河中的船只，河对岸的青山、农田、学校（初二中），尽收眼底。现在住繁华大都市，十分想念那时的宁静。我们结婚，两个儿子都出生在这座女生院，先住小间而后搬进东面的大间。没有学生时我们住过两大间，因此有条件放大床，不过不是买的，而是明熙把两张单人床倒过来拼合的。也有条件把屋檐下的厨房搬进屋子，不用在外面风吹雨打。明熙自己砌了灶台，烟囱，还砌了一个浴缸，当然很粗糙。由于热水要从几百米远的大伙食团挑来，所以只有两个儿子在浴缸里泡过。

女生院全是土墙青瓦建筑，房子之间用竹子编后抹泥及石灰作为墙壁。每逢大雷雨我都带着孩子坐在床中间，因为听说那一片是落雷区，当时也没有避雷针，也曾见过树皮被雷劈剥掉的，所以我们尽量脚不着地，背不靠墙，只有明熙不怕。但是只要雷雨停后，很多家庭全家出动，去捡被大风刮断的树枝当柴火用，我们也不例外，背着背篼，踩着湿漉漉的泥，各家大人孩子打着招呼，高兴得很。

六八年我的大儿子半岁过一点，当时女生院只我们一家有孩子，我和明熙想打乒乓球，就把拆下不再用的自行车内胎绑在办公用的藤椅上，孩子坐在圈里不会摔出来，然后把椅子放在乒乓球桌旁。我们打乒乓球时，孩子的头跟着球转动，老师们说我们真有办法。学校有一台海鸥牌 120 照相机，有一点小毛病，没人用。明熙借来略加维修后，为大儿子拍了许多珍贵照片。在女生院自己家的小房间设暗室，向县人民医院要了废弃的显影液定影液，自己冲印照片。还把照相机绑在床架上，利用照相机镜头作放大设备，成功地放大照片。那时明熙又装了收音机，和以前不同的是买了一个浅绿色的大盒子，但效果依然不好。四妹来时说这是一个启发式收音机，因为没有声音时只要拍拍它就又能收听。当时九个月大的儿子经常站在床头去拍，这个镜头也留下了。到七十年代这里的孩子多起来，我们有了小儿子，有一位李老师家有四个儿子，一位梁老师有三个女儿，另外还有很多家有孩子，女生院十分热闹。我们家孩子书多，两个儿子在家里摆书摊，要看书的各家孩子只需捡一张干树叶就可换一本书看。因为我们经常用铁钎一张张穿干树叶回来生炉火，用现在话说干树叶是有经济价值的。有趣的是三十多年后小儿子在北京真正开了一家很有名气的小书店："读易洞"。夏天，明熙带着全家下河游泳，那时我敢穿红色泳衣下河也让一些老师觉得不可思议。不过我一直没学会，因为眼睛一直盯着两个儿子，他们必须在我视线中。明熙认为学会游泳多一些生存本事。

七三年，刚过完正月十五，学校开学了，那时正是备战备荒的年代，大修防空洞。记得那天大太阳，天却很冷，刚刚五岁的大儿子竟带着邻居家三个男孩下到河边，并且一人走上了学校打水船的跳板上，走到中间，跳板一晃他就摔到河里了。正中午河边没大人，其余三个孩子只一个比他大一岁。在山坡上劳动的学生后来只看见我大儿子一步一个湿脚印走回家。一个学生跟着他回家，见我时说他鞋湿了。把他抱在椅子上才发现全身湿透。他穿着藏蓝色棉袄，大家根本没看见他全身湿透。问他才说了前面发生的事。脱下所有衣服只有内衣背心一小块是干的。想起都后怕啊，很多人问他怎么上岸的，他说想到爸爸教的游泳就划呀划呀，边说还边比划。要知道打水船停靠区域是深水区。当时一个年纪大的人要我向着河边为大儿子喊魂，我也不懂，但我照着做了。

相比之下小儿子没敢做让人担惊受怕的事，他看了电影《闪闪的红星》，就想穿军装戴有五角星的帽子，特别想别枪和匕首。明熙用木头给他做了小手枪，用竹子给他削了匕首，我在他的黄色衣服上用红纸剪了领章给贴上，拴了小皮带，只有帽子上真有颗五角星。他穿着在女生院很神气，很想给别人敬军礼，但一会儿哭着回家说有学生姐姐叫他娘娘解放军（即女兵），因为他的衣服是翻领的。还有一次他对我说想要一个玩具，只有三岁多的他，怎么也说不明白，他捡了两根一长一短木棍比成一个十字，又说一边一根绳子拴着，下面有颗针，并一蹲一蹲说是这样子，这样子。我一下明白了是木匠干活的工具钻花。谁知道一个小孩要玩这个呢。我告诉明熙后他立即为小儿子做了一个小钻花，也真能钻小孔，那些天小儿子就拿着它到处钻。

在女生院女学生出大门必经我们的家门，对于我们家的许多趣事都了解。比如吃过晚饭碗都没洗，明熙拉二胡我就唱歌，他是七十年代现学，我常常唱了上句等下句。小儿子很小就大声唱"花儿为什么这样红",学生们会哈哈大笑。当时我们自己买了理发工具,儿子的头是我和明熙共同理,而我们俩的头相互理,剪头时又经常在女生院大门外的大树下,十几岁的女中学生常常停下逗两个小弟弟,或者对我们会心一笑。在这里住的老师大多也相处得好,有一个暑假我午睡起来不小心失手把二十六公分铝锅中满满一锅滚开的水倒在自己的身上,从右大腿淋到脚背。听到我的叫声大家起来,其中有人将泡的水盐菜一张张铺在我的腿上叫我别动,我就一直坐在女生院大门口等明熙回来,他当天下午用自行车运煤去了。傍晚满身大汗的他回家时,我小心揭开盐菜,不红不肿连一个泡都没有。感谢那位好心人,这个治疗方法我告诉过很多人,自己也沿用至今。一位老师的丈夫因喝醉酒情况不好,半夜找到我们,明熙就用自行车推着去医院。晚上经常政治学习,两个儿子关在屋里睡觉,小儿子胆小醒过来会哭,隔壁的学生会跑来告诉我们。她们也经常来要点开水或有小伤口时抹点碘酒什么的。我们还学别人养鸡养兔,最成功的是养的一只灰色母鸡,给我们下了五十多个蛋,我每天上课它要送我,我快走到教学楼叫它回去就回去了。后来它生病,邻居叫我们赶紧杀掉还可以做美味的菜,我们不忍心,那天被一个不认识的人要走了。

其实我们在七十年代初有小儿子后有机会搬离女生院,

学校决定把一个老师调走后空出的房给我们，那是前后两间，后门外有较宽的地方煮饭，当时算是比较正规的宿舍。我还没来得及看就被一位姓陶的女老师给占了。明熙去找她讲理，她说解放前你们就剥削我们，你们那时住得好，现在该我们住了。又是家庭出身，考大学、讲恋爱结婚、搞运动，都遇到这个问题，很辛酸。我们放弃了这间屋子，不想争了，继续住在女生院。住哪里怎么住完全靠自己去感受。不过我们从不记恨拿家庭出身与我们说事的人，因为那是一段历史，不是小人物能自己决定的。我们和陶老师友好相处，一次她和我谈到过去她抢房子的事，我们两人都笑得直不起腰来。至于曾劝明熙为前程和我分开的领导，一直以来我都觉得他是为明熙好，我一样尊重他，我也从未对他人提过。八十年代他对我提起这段往事时，一再表示歉疚，很有负罪感，我同情他，我不知道他背着沉重包袱二十余年，他才是更可怜的受害者。

家住女生院，很多往事回忆起来是美好的，但也有一件让我们十分不愿提及的痛心事。它发生在六八年。六八年二月，隆昌两派对立发展到武装冲突，一天晚上枪声大作，我带着刚三个多月大的儿子和衣睡觉，第二天学校通知我和另外三个带小婴儿的老师作为第一批撤离隆昌的人员。我电话告知明熙后，他立即赶来接我走。他带来一挑箩筐挑了要盖的被子，穿的是冬衣，匆匆离开，我从五十年代上初中开始集邮票的邮册和装有许多珍贵照片的相册都没带走。以为很快会回来，没想十多天后隆昌全城大撤退，隆昌二中全校空无一人。除有家在外地的人外，隆昌本地老师及家属全去了内江。这一走就是半年，我很幸运回到平静的女生院。没想一天晚上富顺的枪声也响起来，只是没有隆昌那晚上密，关键和明熙在一起，没有那样紧张。他出去打听情况，分不清枪声来自何方，但一会儿传来上级通知，准备撤退，怎么走再等通知。我们的弦一下绷紧了，又得逃。我首先用背带背好孩子，把孩子要吃的奶粉、米粉、糖，还有奶瓶、穿的衣服、尿布之类装在一个包里，明熙则清理要带的粮票、布票、油票等重要东西，把大人穿的装进背篼，还得捆被子，越想事越多。突然想到我俩自六一年夏天工作以来的所有信件，因怕"文革"初被学生翻走（实际他年轻，没人来找他的麻烦），全部包好藏在房间的天棚上，十分珍贵，当取下时，看见那么多，在路上弄丢了更惹事。我们当即决定烧掉，几乎没有犹豫，七年的信件便在一瞬间付之一炬。什么都准备好只等命令外逃躲"武斗"，没想一会儿通知说刚才是演习。真是开了一个大玩笑，小人物真的很无助。不过那天晚上是跑好还是不跑好，当然不跑好，人民少一场灾难。但既然没事搞什么演习呢？不都是人民内部矛盾吗？要"文斗"不要"武斗"，富顺县当年哪位人物头脑发热带头不听话，公然在五虎山开枪向"文斗"示威。苦了我们这些小老百姓，我们那不可复制、记录爱情也记录历史的信件就让那些让人憎恨的人吓没了。那天晚上我和明熙都没说话，以后很多年都不愿提及，一句话就是心痛。写到这里时还是心痛。而且注定是永远的。

半年后回隆昌，每家每户的房间都是空的，我的也不例外，说是被搞"武斗"的人烧了。八十年代初登记"文革"中财产损失，我损失了什么财产呢？本就没有财产，但却又损失惨重，我自己选择政府赔偿我一本二十七元钱的《辞海》，在廖清明老师处领的。在此之前我们已买了这样一部《辞海》，现在再要一部是想正好两个儿子一人一部，是不是这就是给儿子的财富呢？

人生有几个十八年？可我们在女生院那里从恋爱结婚生子就有十八年，我们全家人都怀念那里。九九年带着小孙子、全家人回富顺二中走来走去，努力回忆已被拆掉的女生院，以及那些我教过课、儿子们上过课的教室，那里的人和事。离开那里几十年，女生院经常出现在梦里，那是值得我魂牵梦绕的地方。

那一年，我读高中二年级

我的初中高中都是在泸州一中读的。五七年的秋季我上高中二年级。

五十年代的泸州一中，清晨当第一声钟声敲响，所有的同学迅速起床，脚步声从楼道漫延到楼外的大路上。没有说话声，只有脚步声，大家跑向操场，新的一天开始了。所有学生都住宿，学习生活紧张而有序。早操后很多同学拿着小凳三五几个到校园朗读，当年的泸州人说那是读书的好地方。

五十年代的泸州一中条件设备在泸州地区堪称一流。两幢大大的教学楼，有完好的实验室、图书馆、阅览室、音乐教室、大礼堂。大的运动场，可风雨无阻上体育课，体操运动的器材完备，举行篮球赛还有同学用普通话现场解说。开运动会时操场边拉着帐篷，短跑比赛时广播里放着《骑兵进行曲》，气氛热烈，学校办的《一中青年报》的记者会拿着小本采访跑第一的同学。

学校没有自来水，我们必须每天傍晚用面盆到长江边去端水。人们用石头搭一条小路伸向水里。打着光脚踩在被水半淹的石块路上，取大半盆清澈的河水，端回宿舍作为第二天的洗脸水用，如要洗澡必须端水换热水票。泸州一中虽坐落长江边，但离河岸远，且下去的路陡，蜿蜒曲折，大家的饮用水是高中学生每个班轮流到江边挑的，我也去挑过。虽然很不方便，但大家习惯，夕阳西下时，河边欢声笑语非常美丽。

我们对学习很感兴趣，因为我们有幸遇到一批让我们留下深刻印象或从某些方面又能影响终身的教师。

我在高二的班主任叫何恒信，我们给他的外号叫麻痹牌，因为他累次不吸取教训，先后手表、钢笔、现金等被盗。他教历史，口若悬河，讲起劲时眼睛只盯着坐第三排正中的同学，被盯的人怎么不自在，我们如何笑他全然不顾。他大大咧咧，我印象中他没有给我们开过班会，什么事也不管，好像我们也不需要他。因为班上能干的学生太多了。高中毕业时请他来照毕业照，在教学大楼门前的墙上就贴有"打倒右倾机会主义分子何恒信"，大家坐在那里拍照，他无所谓我们也无所谓，总之在照片上永远留下了。

我的数学教师全国育也有外号，我们叫他全代数、全几何、全三角，他真是每科都讲得好。他不苟言笑，身材高大，背略佝偻；上课思路清晰，语言干净，什么难题在他的娓娓道来下变得简单。他还特别能指导运算，在解题板书时他会突然叫某人上去接着写，你必须紧扣思路，明白算到哪里了；而我就习惯做得比他快，这样他叫我时我可以流畅对答。我之所以做题快与他的这种训练有关。他的许多课堂教学以及对学生的态度对我也有很深的影响。他严肃而不刻板，他宽容而不放纵。记得有一次他在黑板上写的题是计算二次根号下 2 倍二次根号下 2 倍二次根号下 2，他让一个叫马成彬的同学起来回答，他不知道这个同学没有儿话音，连自己的"彬"（四川人说"彬"有儿话音）都说不明白。马同学一站起来我们就开始笑。没想马同学有办法，他躲开说 2 而念两次根号下"两"……，全班一下暴发大笑，比他说 2 还觉得好笑，此起彼伏的笑声，相互感染根本停不下来。全老师先试图制止，说你们像小学生，后又说像幼儿园的小孩，他有点生气但依然温文尔雅，就微笑站着到下课。非常和蔼可亲的一位老师，五十多年没有忘记。

我们的班集体很温暖，同学之间非常友好。教室里常常有对一个什么问题的激烈争论，黑板前也有同学为不懂的人耐心讲解。学校有规模不错的图书室，我们可以借到喜欢的中外名著，看后在校园漫步、津津有味地讨论。我们班的活跃在全校有名，排练的大合唱"劳动创造了人类"曾代表学校在市里表演。有不少同学家境不好，经常穿打着补丁的衣服，说不定哪一个月他（她）正缺伙食费，但他们充满朝气，积极向上的脸一定不让你看出他们正遭遇到很大的困难，真是生活在一段叫青春万岁的岁月。

但校园后来变得不平静，那是从一九五七年秋开始的。

泸州一中教师中，先是我爸爸因所谓历史问题被判劳动教养。然后教我高一语文的段老师也出了问题。段老师讲古典文学，会唱读古诗词，十分有趣。他讲了《小石潭记》后我受到启发才想认真写篇作文，此前我写作文总慌慌张张，想挪时间看小说。当然那篇好好写的作文被他朗读与点评，是六年中学学习中唯一的一次。不幸的是段老师也被定了莫须有的罪名在泸州市府礼堂当众宣判，阵势很大。因为他的问题，他在苏联留学的儿子被立即召回，还有两个儿子也因此未上大学。他本人后来死在监狱中。

那一年，学生的政治生活也不平静，我们年级在共青团内部也开展"双反运动"。我一直不知道反什么，团内经常开会，团员们很紧张，同时也组织全班同学给他们提过意见。总之我们班上一名女同学那段时间在床上哭泣，后来受到团内处分。她是团干部，校报《一中青年报》的编辑。我和明熙讲恋爱后才知道富顺二中高二年级竟有四十余人在"双反"中受留团察看处分，明熙也在其中。为此他没有考上正规大学学他喜欢的机械，但他说不遗憾，因为碰到了我。直到七九年组织才为他们甄别，但他们早已不是共青团员。

这一年教学秩序也被打乱，很多时间我们都在劳动。

首先参加大炼钢铁，高中各班都建小高炉，大家都去乡下运树木、运砖和石头，还有矿石。能不能炼出钢（铁？），谁也不怀疑，也没敢怀疑。劳动热情空前高涨，晚上挑灯夜战，炉火熊熊，烟雾尘尘。但我和一个女同学只被安排送茶水，说我俩没力气。我虽然没有在所谓高炉前参与，但的确没看见炼出什么。当时提出多少年赶超英国、社会主义已实现，我们的教室经常被要求张贴大红字的标语，记得我们班就写过"共产主义畅想曲"，贴在墙上觉得与众不同，好像共产主义真的快到了。可见年轻的我们多么单纯，多么地容易被塑造。

学校又建砖厂，自己做砖烧砖。在学校操场旁的土地上挖了一个个几平米大小、五十多公分深的坑。把里面的泥土挖松，倒水进去，我们许多女同学就光着脚下到坑中，大家手拉手用脚踩泥，为了抗拒寒冷大声唱着歌，直到把泥踩得软软的就可以运去拓砖。挞砖的男同学很骄傲，因为是技术活，又需要手臂有力。双手抓一大坨我们踩的泥，一下摔打在做砖的模子上，弄平整后取出，由他们选择端砖的同学小心端到放砖的架子上。不能碰到砖的规整的棱角，一块块错开摆好，块与块之间要通风，晾干后一批批运到专门建的烧砖炉中烧。我踩过泥，双脚冻得通红，我也运过刚拓好的砖，这项工作要求手稳心细，行动利落。

我们还被组织挖水塘的泥。本来好好的水塘把水放干，然后光着脚下去挖那些黑黑的、有臭味的泥，再用筐筐挑在塘边堆着。这样做有什么意义呢？当时不知道。记得天气也很冷，已开始吃不饱，我们盼望收工的钟声敲响，大家齐声唱："美丽的陈大爷，勇敢的陈大爷，陈大爷呀你那钟声扰乱了学校的平静，也扰乱了我的心房。"（原词是：美丽的姑娘，勇敢的姑娘，姑娘呀，你那鞭声扰乱了草原的平静……）有一天劳动完在教室休息，我们班上一个男同学站在讲台上，大讲他的梦想。他说他今后一定要拥有美女、汽车，我们觉得是天方夜谭。他还把毛泽东和蒋介石进行比较，更让我们听得目瞪口呆。更受惊吓的是他的演讲被从门外过的朱抚季校长听到了。朱校长很生气，进来批驳了他的论点，可能朱校长只把问题结束在教室，以后没谁批判他。八七年我意外碰到这个老同学，他已在自贡市一所知名学校当了政治教师二十余年。

五八年又搞"除四害"（苍蝇、蚊子、老鼠、麻雀）的活动，每天要登记各班灭蚊灭蝇的数字。我们到处寻找这些小动物，东张西望，走路都显得不正常。而且让我们在山坡上，田坎边，树林中，手里拿着脸盆，瓷盅等能发出响声的器具，当然锣鼓更好，两三人为一个点，看到麻雀就敲响器具大声呼叫。我们跑得满身大汗，目的是不让麻雀停下来。听说当时不少人参加过赶麻雀，小小鸟儿怎经得起人类的打击，被消灭不少。当时为什么要消灭它们呢？理由是说它们吃了庄稼地里的粮食。那时在中午以后到处可听见吼叫声。多年以后一说到这个事我和我的同学们都感到自己的行为既可笑又可恨。

放暑假了，本该回家，却又组织我们去修泸州城长江对岸的金茜公路。天气很热，劳动热情一点没减退。我们的任务是在一座山腰上开出公路的路基。劳动结束那天晚上我们在沙湾泸州市五中等船，在宿舍地板上睡到半夜，说船来了，大家蜂拥而上。那种大木船，船工划，好多男同学也帮着划，长江的洪水滔天，漆黑的夜晚，兴奋的年轻人，在船上大声齐唱。从沙湾过河我太熟悉了，因为我多次坐那种渡船过河，即便冬天我都很怕，何况是夏天呢。先要把船向上游划很远才能划到河对岸的码头，因为水流很急，往上游要经过一块叫世界石的地方。世界石上有四个大字"还我河山"，是名人题词，天晴朗时河对岸都能看见，是抗日战争时留下的。船过那里非常危险，有漩涡，船容易撞到石头上。船工想招呼大家安静听指挥，但没人听，一直大声唱歌。我可是紧张得不行。当然那个夜晚在船工的努力下安全过去了，否则我不可能在这里回忆，但下船时船工说半夜三更，你们今晚出事连救你们的人都没有，他们说从来没这样被吓过。我和我的同学们就在惊吓和欢乐中真正结束高中二年级。

从无忧无虑一下进入到五七年的多事之秋，校园的平静被打破，我想不是当年陈大爷的钟声能恢复的。在高中二年级这一年里，十六岁的我有过委屈，有过痛苦，有过迷茫，有过快乐。我学会在思考中成长，在憧憬中抗拒挫折，和与我有深厚友谊的同学去迎接高中毕业。

我们是朋友

二〇〇六年九月的一天，早上不到八点，接到一个电话，说：我是隆昌二中初六六级五班的学生。陌生的声音传来了熟悉的人的信息，突然的激动让四十年前的许多往事一下浮现在眼前。学生说他们费了不少劲找到我在北京的电话，他们非常希望能在国庆聚会时见到我。于是买机票准备行程，让我自始至终处于兴奋中，儿子要我平静一点，因为我的血压不稳定。飞到成都后先坐长途汽车回到富顺，聚会那天三个学生开车到富顺接我去隆昌。从富顺到隆昌那是一条我再也熟悉不过的路，一路上回忆哪里有竹林，哪里车要上缓缓的坡，过了代寺镇就是那个小镇付家桥。望着窗外，心情很不平静。我刚教他们时还未满二十二岁，如今六十几岁了。同学们聚会地点不在饭店而是在一名学生办的小工厂的会议室。工厂在农村，一路上浓厚的乡土气息，依然是雨后，踩着稀稀的泥，这更增加了好像回到过去的感觉。见面时很多学生不认识了，四十年前的小孩子，现在已五十多岁。大家相拥而泣，加上那天会场的背景音乐不断地放着"长大后我就成了你"那支歌曲，我的眼眶一直饱含着泪水。

六三年秋我当他们的班主任，教数学。那天聚会时很多学生说当年我首先是他们的老师，以后有些时候像母亲，现在回忆起来觉得像是大姐姐，或者更像是朋友。这些称呼我都喜欢，但更认可最后一个，是朋友。

作为年轻教师，刚开始时肯定没有刻意去和学生做朋友，站在讲台上，讲课和当班主任都俨然是一个想管住学生的老师。但从认识到了解他们的过程中，在课内课外与他们的接触中，感觉他们或许更需要老师的善良和真诚，他们不仅需要严肃的教育，更需要关心和温暖，需要友谊。

六三年国家刚经过困难时期，城镇的和农村的孩子家境都不好，住校生多，每月末放一次归宿假回家拿伙食费和生活用品，其余三个周末都在学校，因此当班主任的我有很多时间和他们在一起。

比如当你在课堂上看见一个小男生花里胡哨的脸，一对大眼睛望着你，笑眯眯听你上课，十分可爱。可是第二天第三天脸更不干净。你一定要知道是为什么，原来洗脸帕丢了，他根本就没洗脸。又比如开学第一个月，就有学生找到你说家里的计划供应粮食没钱买回家，而父母因做生意犯罪在押，他还有三个年幼的弟弟。还有一个农村学生推开我的门，把用一张手帕包的纸币倒在我桌上，全是皱巴巴的壹分贰分。她脸上虽疲惫，但眼睛放着光，她满以为摘十片豆腐菜叶捆一小捆卖一分钱，在逢场赶集时去卖了许多，辛苦一个假期一定能攒够学杂费，手帕里的钱都没来得及数，就开学了。我和她一块儿把纸币摊平数来数去都只有一块多钱。她伤心，哭了。家里太穷，没有能力供她上学。等等。

去做家访更让我震惊。

一个学生的家在离县城五十多里地的小镇上。瓦房木柱很旧，屋内黑黑的。他的父母似乎是肝火很旺的一对夫妇，两人抢着对我说儿子的缺点，不时相互有争吵，我根本没说话的机会。旁边还站着他们的其他几个子女。他们很无助，他们的希望在教师身上。

还有一个学生，父亲是隆昌煤矿工人，我带着几个学生去那里，至今我也没忘记那时的情景。首先从大路走过后，去他家的所谓小路，完全是在那几条沟沟坎坎上跳来跳去，才能到那小坡上的一间屋子。而这一间屋完全是用树枝、高粱杆等编织作墙，稀稀疏疏，从屋子里可以看见屋外，屋顶盖的是草，屋子里的床好像是自己搭成的。我本想和孩子的父亲谈谈孩子的问题的，此情此景什么都说不出口，从没看见过这么困难的家，我心里暗暗发誓，这个孩子没有美好前程我就对不起家长，对不起学生。

我很想当一个好教师，面对一个班五十多个少年，需要我即时处理许多突发的问题，现在想起来有些是对的，也有很幼稚的。

有一次一个男生和一个女生在自习课上打起来了，女生把蓝墨水泼在男生脸上。制止完纠纷我叫男孩子跟我出去，他满以为要到办公室挨批评，心里很紧张，很害怕。没想到是去我宿舍，我帮他把脸洗干净就叫他回去了。他回去有感动有得意，这是他以后告诉我的。当时我虽然一句批评的话都没说，不过他以后再也没打过架。还有一次一个男生在不放归宿假的下午，在教室黑板上以我的名义模仿我写的字发布通知放假，那天下午所有学生信以为真全回家了。上地理课的是一位老女教师，看见教室空无一人，找到我后，把我责问得哑口无言，而且她说短短的通知你还有个错别字。因为不是我写的，我也不知哪个字写错了。当时我觉得自己是一个犯错的学生，同学们知道有人闯祸，而代受过的是老师，班上以后再也没有这种影响大的恶作剧。

我本来是个胆小的人，但在这班学生面前做过两次冒险的事。六五年夏天也是周末，十几个男生要游泳。学校附近有很多采石场，采过石头后又经多年灌满雨水成为小池塘，四周长着许多植物，水绿绿的，水下的坑坑洼洼都很坚硬。夏天总有人去游泳，在那里游泳很危险。我经不住他们的左磨右磨竟同意了。他们七嘴八舌指挥我坐在岸边，排队依次从我身边跳入水中，前一人游二十米左右到对岸上岸后，下一人才准下水。他们认为是绝对安全的，但后来他们速度越来越快，赤身短裤，个个都差不多，只见下水，游泳，上岸又跑到我身边排队。我眼睛死死盯着水面，不断数人的个数，觉得越数越数不清，紧张得双手出汗。后来明熙知道后嘱咐我千万别再做这样的傻事了，当老师该坚持的必须坚持。当然平安无事是因为他们太能干。

全年级组织去内江，参观椑木镇糖厂时，返程去内江火车站要走比较长的一段路，还得坐船过沱江。我班上十几个女生想从铁路桥上走过去，我不假思索同意并跟着去了。过沱江的铁路桥中间过火车，两边各有一条只有一人通过的人行道，铺的木板，木板之间的小缝可以看见湍急的河水；人行道也有护栏，但护栏是拉的几道钢绳，每道相隔二十公分左右，走在上面满眼看的都是河水。我本来有点恐高，被吓得不敢动，进退不得，学生叫我闭着眼走，一试觉得会走到河里去，叫我蹲低一点走，又觉得会从护栏的间隔中掉下去。最后是前面的学生拉我一只手，后面学生拉一只手，半睁半闭着眼走过去的。我惨白着脸只差没晕倒，这时和她们在一起像互相结伴出去玩的朋友。

我在教他们的三年中，由于数学使用新教材，教法也在改革，我经常有公开课。规模最大的一次是全县许多学校数学教师来听课，还有一次是全校各个学科老师来听课。这些时候学生们十分兴奋，他们知道这也许是大家对我教学上的认可，也许是对一个年轻教师的帮助，总之他们希望我做得好，为我有成绩而骄傲。我和他们共同度过快乐的三年。我们一块儿参加全年级采桉树种子卖的钱为少先队大队买大鼓，组建笛子乐队为少先队大队升旗奏乐（没有钱买小号和小鼓），这可能是在全国都少有的升旗乐队。我们农忙假下乡劳动，割麦运麦把我的双肩都磨破流血，后来长出的皮可以让我挑六十斤重走十里地。我说我开过独唱音乐会，是因为周末他们聚在我宿舍，我翻着那本《革命歌曲大家唱》唱歌，合唱时候少，他们要听我唱。我们班当时表演节目也与众不同，如大合唱《英雄的汽车司机员》、表演唱《卡基德洛古老森林》、《库尔班大叔叔你去哪儿？》。应该说他们生活学习在一个好的快乐的集体中，为今后的成长打下了好的基础。

六六年四五月份，班里有个叫许显明的学生得了肾炎，他妈妈满脸憔悴跟我说，她儿子一边在城里治病，一边学习，要我管住她儿子，不让她打篮球。这孩子长得帅，酷爱篮球运动。我觉得必须帮助家长，就答应了。每天下午课外活动或者晚饭后我得去球场边看住他。但还是偷着打，常常让我很生气。有一天看见他脚上穿一双漂亮的新球鞋打球，一问才知道用了治病的钱。我一下火往头上冲，我不仅批评他，甚至是责骂，声色俱厉！可能他从未见过我动怒，总之事后他不敢穿那双心爱的鞋，肯定心中对我有许多怨恨。当时我的这种情绪后来在教育自己的儿子时有过。没想"文化大革命"的风暴很快席卷而来，"走资派"、出身不好的人首先受到冲击，我被写了大字报，许显明毕竟是十五岁的孩子，在大潮流中也倾泻不满，我心里十分明白是怎么回事。那段时间这个班有的学生却又怕我受不了，晚上有女生在我宿舍陪我住，关灯后看见有男生在窗外走过来走过去，后来问他们为什么要这样，他们说怕我死。"文革"来势凶猛，来不及让人们深思熟虑，很多时候言不由衷，包括我自己，我也说错过话做错过事。八五年秋的一天上午，我买了菜走在回家的路上，又是雨后，看见一辆小车开过来赶紧让路到边上，否则又会溅一身泥水。我只顾看脚下，却发现汽车停在我旁边，车门打开，司机下来轻轻叫了我一声老师。我一抬头他便双手紧紧握住我的手，我在诧异中他说他是许显明。分别快二十年了怎么开着车都认出了我呢，我说学生从小孩长成大人我可在街上认不出，他说你认不出我们不要紧，只要我们认得你。

让我说什么好呢？以后他去过我家，因为明熙买了摩托车，他给了明熙好几个点火器。我也去过自贡市他的家，漂亮的妻子，两个帅气的儿子，不幸的是他在八十年代初期换了肾。可以知道的原因，〇六年的聚会没有了他的身影。

我的非常优秀的六六级五班学生，只有几个上了大学，大多数同学在以后没有读书机会，那场运动改写了很多人的命运。但奋斗是接受命运安排的最好办法，虽历经坎坷，大多数人事业有成。在那天见面时大家争先坐在我旁边，讲他们这些年的经历、他们的境遇、他们的家庭，和他们一同感受欢乐与苦难，无数次流下激动的泪水。他们一定要和我一起唱《红梅花儿开》那首回忆情窦初开岁月的歌曲。一起回到隆昌二中追寻青春的脚迹，在学校会议室休息时，一群女生看我许久后说，想找回我年轻时的样子。总之有许多让我动容的事，但最感动我的是，他们在刚见面发的同学录，一张贺年卡式的纸片，正面写着同学录，背面有一张初中毕业的集体照，打开是全班同学的名单。每人后面只有电话号码，没有单位名称，没有职位，尽管他们中也有当了什么什么长，但他们心中记住的是同学。荣幸的是他们把我的名字和他们放到一起，我也在同学中，我们大家记住的是纯洁的、珍贵的友谊，怎么可能说不是朋友呢？

妈妈说话要负责 _

我在学生面前说话比较懂慎，教书几十年，学生迟到我不会不准他进教室，我也不会因学生上课不守纪律叫他出去，也从未凶狠地让学生回家叫家长。自己也容易站在学生和家长的位置考虑问题。明熙在富顺二中有位忘年交杨汝纶，是德高望重的老师，他曾告诉明熙他对子女注重心理教育，从不打骂。但是年轻时的我们对此缺乏深刻的理解，对儿子期望值太高，要求太急切，常常从"管"这个字出发；不像对待学生，反而对自己的孩子教育不冷静，说话不计后果，因此有过错误，也有过无奈。

大儿子未上小学时，一天午睡起来没看见他，听说跟着邻居上小学的孩子走了。于是我立刻追进城，一直追到五虎山小学，他正站在教室门外看大家上课。我拉着他往回走，要知道一趟至少走五十分钟左右。回到家我叫他坐在桌子边的椅子上，说不能离开这里就赶紧去上课了。当然没锁家里的门。等我下课回家时看见他还乖乖地坐在那里，只是走近一看桌子下面明显是他拉的尿，已经流到柜子下面。我说你拉尿为什么不到外面去，他说妈妈，你不是叫我别离开这里吗？真叫我哭笑不得。

还有一天我下午下课回家，已五点过了，大儿子也从小学放学，我问他作业写了吗？他说没有，然后我要他先完成作业然后再玩。第二天他上学时我说你必须记住，下午回家一定要先完成作业然后再玩，下面我就说了最不该说的话，我说如果我下班回来看见你没写作业，你就别回家。他当时刚满八岁。下午他依然忘了应先写作业，我远远就看见他在女生院外面玩。等我走近他发现我时，可能想起了我早上说的话，而且看到我对他冷处理就径直进家门了。等我煮好饭叫吃饭时，就没看见大儿子，当时想可能他觉得自己错了不好意思吃饭，可是等到天黑了也没见他回家。我站在女生院门口也没有看见人影，心里有点慌了。明熙安慰我说会回来的，他那么小能去哪里，可能怕挨骂，说我们再等等。这一等等到下晚自习了，一会儿灭灯了，学生也就寝了，还是没回来，这下我和明熙都着急了，决定去找。我们先去经常和他一块儿玩的小朋友家，都没有，又问他班主任家（富顺二中），也没有。我们决定扩大范围，去大田角（富顺二中再往乡下去的农家院子）找，走到那里很多狗叫得太可怕了，我们只能在马路边叫大儿子同学的名字，果然有回应，但我大儿子不在这里。返回学校，我心里已经乱如麻，很多可怕的后果开始出现在脑海中，不断说怎么办怎么办，明熙说早知道这样就不该乱说，我知道他在生我的气，但没有多埋怨我，怕我受不了。

我们准备进城，走出校门，明熙说还是再在学校找，于是返回学校，他拿着手电筒，我们先在大礼堂那些角落里找，上体育课的跳箱里找，然后明熙决定上教学楼。我完全没了主意，跟着他一间间教室看。依然没有，回家我伤心地哭了，此时已经晚上十一点过了，我们如坐针毡，突然明熙好像有灵感似的，他说再上教学楼。一种神奇的力量在支配他，他没再一间一间教室去看第二遍，径直走进最靠近家的方向的那间教室，用手电照一行行的桌子下面，终于看见我们的大儿子双手插在袖管中，蜷曲着双腿在地板上睡着了，他把两张课桌拉拢拼齐，睡在下面。第一次来时我们只是在窗外照就没看见。因为当时已是深秋，天气已很冷，明熙把他抱起来的时候他醒了，看见我们就哭了，不用说我当时抱着儿子已泣不成声。牵着失而复得的儿子回家，洗干净睡地板弄脏的手和脸，给他吃饼干，喝开水，他边吃边抽噎着说我以为你们不要我了；他说我一直在想明天我回家要跟妈妈说我以后一定要先写作业一定要先写作业。看着我可怜的儿子不断认错，我自责不已，认错的应该是我，当妈妈的说了不负责任的话，现在想来当时为什么非要孩子在五点过写作业呢，那正该是他玩的时候。多年以后我也没有原谅自己。不过他也确实顽皮，点子也多，但我再也没有说过如此不负责的话。

照理对待小儿子经验就多多了，可是教育孩子可真是一个永恒的难题。小儿子在满五岁那年就要求上小学，后来满了六岁都还没资格，必须满七足岁。实在不能再等一年，于是选择农村小学共和小学去报名。带他去那天在路上我嘱咐他，一会儿老师问你几岁了，你一定要说七岁了。他先答应得好好的，但走到半路上突然哭了，他说我不会撒谎呀，我不会说我满七岁了，我只有六岁呀。那怎么办呢，无奈的我当着儿子的面对老师撒谎说他七足岁了。

也是在他未上小学的时候，富顺的五金公司到了两台电唱机，那种可以放唱片的但不是用摇柄的留声机，记得很清楚，要一百二十元一台，比我们两人一个月工资都还多。明熙上街时碰上了，那种想买的欲望支配着他，可能富顺曲艺队（还是川剧团）也想买，在只剩一台时明熙先拿到，当时为钱的事也十分犹豫，于是卖东西的人说先拿回去听，几天之内不要赶紧让给工作需要的人。当然家里突然有那台电唱机，带回的唱片有《顶罐舞曲》、《瑶族舞曲》等，太好听了。可是有一个严峻的问题需要和两个儿子商量，因为在此之前我们有个承诺说这个月给他们买一付乒乓球拍，需要五块多钱，但买了那个大玩意儿，就大大影响开支。于是和他们商量是不是可以下个月买。大儿子当时没说什么，可是小儿子坚决不同意，问他电唱机放的歌好不好听，他说好听，但乒乓球拍也必须买，原因是你们大人说话要负责，你们要我们说话算话，你们也得说话算话。他把买东西这件事上升到另一个层面。我们两个当父母的开始说服他，但他怎么也不答应，总之你们许诺了就不能反悔，我一下说了一句认为是可以制服他的话，我说你穿的吃的哪样不是我们买的？他突然说我把穿的还给你们，于是开始脱外衣、毛衣、秋裤、鞋、袜子，脱一样扔一样，我们捡一样，当时我们看他那样太可爱了，想笑却装得很严肃。当脱得只剩一条小内裤时不脱了，他说你们也有东西还我，你们砌灶台我还帮忙捡了鹅卵石，他找到一个锤子就去打灶台。这时明熙手里拿根棍子说太不像话了，想要打他的样子，小儿子说你打人要犯法，公安局要抓你，我用毛巾把他围起一把抱到怀中。怎么办呢，把那个太占钱的玩意儿给退了，把乒乓球拍给买回来。当妈妈的说话要负责。

顺便说一句，一九八〇年富顺五金公司进了日本东芝牌的收录机，我们花三百三十元买了一台，又花三十三元买了十一盒索尼的空白录音带，是富顺二中教师中引领新潮流的。但是一些老师对我们的生活方式还是不理解，因为我们睡的大床还是学生床拼的，当时三百多元可以做全套家具。但我们就喜欢这么过，当看着小儿子开着录音机用稚嫩的声音说："我崇拜的人是孙悟空、麦克（电视剧《大西洋海底来的人》的主角）、陈少泽（电影《保密局的枪声》的主角）"时，心中只有满足。

两代人的幼儿园

最近看中央电视台新闻频道播出湖南一乡村的幼儿教育问题。父母外出打工，孩子跟着爷爷奶奶，老人干活也得背一个拉一个。记者问为什么必须带着他们呀，不带着谁看呀，出家门就是坡呀坎呀水呀，谁放心得下。又问有幼儿园吗，这可问到点子上了，幼儿园，你在哪里？

我是教师，是母亲，是奶奶，我也在心中问，山区的、边远地区的孩子们，你们有幼儿园吗？

我为什么对这一话题敏感，那是因为我在四十多年以前，我刚三十岁出头时问过。

六十年代末七十年代初我两个儿子先后出生，虽说运动带来很多困难，但我们却利用"乱"把大儿子带大到三岁。七十年代初，教学秩序逐渐恢复，我和明熙都当班主任，教两个班数学，工作量很大，带孩子的事成了头等大事，所以石头有了保保。而富顺二中在沱江边，出家门便是陡坡，出校门是公路，那时有很多运东西的人力板车，冲下坡时特别危险，所以大儿子跟着别人进了城让我既担心又生气，还有那次上了打水船，更是经常处于惊恐中。

所以当孩子该上幼儿园时，我们心中向往有个幼儿园。

七十年代富顺县有"人民路幼儿园"和"新民路幼儿园"，但家住离城三里路的富顺二中的孩子，根本进不了这两家幼儿园，不属于它们的收生范围。即便进得去，当教师的我们也不可能每天按点去接送。学校为了解决年轻教师的困难，在七三年初，请了两位教师的爱人办了一个幼儿班，我们亲切叫它"幼儿班班"，就像对小孩说话要说吃饭饭、睡觉觉一样。我们的两个儿子在这里接受所谓学前教育，两位教师的爱人我们称师母。幼儿班只一间二十几平米大的屋子，是上个世纪五十年代或更早的建筑。从富顺二中教师宿舍教员院到教学区要在公路上走近两百米，这段公路两边都是农田，从这段路中间有一条约四十公分宽的田坎路走到一个土墙围着的小院，门向西开着，进去有一个小院坝，种了一颗桂圆树，枝繁叶茂让院坝看着凉爽。院子东面和南面各有两三间屋子，分别住着两位老师及家人，南面老师有六个儿子，东面老师有三个儿子加上父母，一个小院子住了六个大人九个男孩，现在很难想象怎么住得下。而西面这间屋子竟然空出来办了幼儿班，房子全土墙，有两个窗户，用木框钉上木条做成长条窗框，没有玻璃窗；我的两个儿子都喜欢坐在窗台上，把脚从窗框上伸出去望着公路上过往的车辆和行走的路人。从不到两岁大的孩子到六岁大的全在一块儿玩，上、下午中间有一点零食吃，大一点的孩子教过简单识字。两位师母极有爱心、责任心，讲卫生，教孩子好的习惯，孩子们虽只有为数不多的简单玩具，但在一块儿很开心，每天在校园里跑跑跳跳，有人看着很安全，我们也能放心工作。

幼儿班在规模最大时也不到二十个孩子，组织的最大一次活动是七四年春天，富顺二中一位女教师参与，三个老师带着孩子们步行去城里五虎山玩。其中两个不满两岁的是老师抱着，我的小儿子刚三岁，自己走，大儿子因已满六岁，他背水壶，是大家要喝的，还有一个大一点的孩子背糖果。走了一个多小时才到，被太阳晒得疲惫的孩子拍集体照时没有一人有笑容。

对这个幼儿班我和明熙也不满足，但当年实在很无奈。有一次小儿子右膝盖擦破了皮，他坚决要涂抹红药水，等师母找到红药，他要自己抹，结果抹在左膝盖上，他已经忘记伤在右边了。我曾去人民路幼儿园给一位小班老师说好话，把小儿子送到人民路幼儿园去体验了半天，中午接他时，他恋恋不舍离开。据老师说他特别专注听故事，别人唱歌也跟着唱，可能不会唱，别人喝水也去喝，幸好我带了杯子。以后几年我们从人民路幼儿园门前过他都望着里面。

尽管如此，两个儿子还是十分喜欢他们的幼儿班班，对两个师母也是非常喜爱，他们读大学时都还回忆这个地方，工作后还带礼物去看望过师母。看着在五虎山的合影高兴得大笑。

幼儿园应该是让孩子接受启蒙教育，又让孩子有安全感的成长的地方，而且是人生第一阶段的集体生活。"找呀找呀找，找到一个好朋友"，所有的孩子都应享受这份快乐，它不一定大，也不一定有优越的条件，但应有好的老师。

我不知道四十几年后的今天，湖南的山区比我当年所在的富顺二中还困难，我不知道中央台报道的山村何时有幼儿园。

但我知道北京的幼儿园让人眼花缭乱。

二〇〇一年二月底我们带着孙子满满来到北京，这也是十二年前的事了。当时住在望京的圣馨大地小区，一天带着未满三岁的他在南湖公园玩，与一个老太太交谈中得知一个叫花家地北里的幼儿园，离我们住的地方不远，但需去排队，有名额就可以入园。刚到北京有人提供如此重要信息，没等晚上与下班回来的儿子儿媳商量，当天下午我就去幼儿园报名。

在花家地北里小区里，四周树木环抱一幢独立两层小楼，铁的护栏连着大门，门卫室有保安，楼下很宽的活动场所里有孩子们的游玩器械。我找到园长，园长说八月底刚好有一个小班孩子升入中班，小班只剩这一个名额，她说一年需交一千元钱，此外每月缴约二百八十元的伙食费等。她态度温和，回答我许多问题，一日三餐在幼儿园吃，早上七点四十分入园，下午四点五十分放学，中午午睡每人有一张小床，一个班二十多个孩子，两个教课老师，一个生活老师共三人，食堂有厨师，还有一间医务室。我看到楼梯旁装有很大的编织网，是不是怕孩子不慎摔下作防护用。一周三餐不同菜谱贴在墙上，我很满意，当即缴了一千元算报了名，只需八月底就可以去。

晚上儿子和儿媳回来，一谈到这家幼儿园收费如此低，几乎不敢相信，是公办？民办？他们一个孩子，一定想让孩子受好的教育，从收费的标准说，他们怕条件不好亏了孩子。就像现在买的东西太便宜了心里反倒不踏实一样。我们当爷爷奶奶的更是把孙子爱在心头了，也希望孩子上个好幼儿园。说实话我也没弄清楚。不管怎样先占一个位子再说，我和明熙开始考察。不看不知道，一看吓一跳，我们看了一家钢琴幼儿园，说每天有三十分钟练琴时间，一年缴费一万八千元，然后每月缴八百元生活费等；每班只有几个孩子。我们还看了一家双语幼儿园，说主要让孩子多学习英语，收费也是一年一万八千元再缴不菲的生活费，我咨询了英语教师说如果在幼儿园是双语环境，出园不是，效果也不会显著。以后还看了几家幼儿园，年收费五千以上，每月生活费也是八百元。

儿子儿媳很尊重我们的考察结果，并耐心听了我们的意见。我们认为缴一万八千元的两类型幼儿园一个班几个孩子，几个老师围着他们转，很贵族化，和家里差不多，不利培养他们独立思考和独立应变能力；其次班额小，他接触不同环境、不同性格的孩子少，不利他对人对事的判断力的培养。至于学琴，我一直喜欢音乐，当然希望孙子喜欢，我觉得可以去报钢琴班，如果孩子真有兴趣家里买钢琴。还有一个原因，收费悬殊如此大，一年交一万八千元与一年交一千元，是不可思议的对比，而且每月生活费八百元与二百八十元，孩子吃什么昂贵食品呢，真像小皇帝一样过吗？我们的结论是要平民化不要贵族化。口里这么说，心里还是想那些幼儿园收费太高，十二年前儿子三十岁，刚买房每月还几千元按揭，于是选择了花家地北里幼儿园。

从三岁进园，从小班，中班，到大班，我们的孙子度过了快乐的三年。他没有受过磕碰的任何伤，不管学什么，不管学多学少，孩子的健康安全是首选。他在幼儿园学画的虾至今放在镜框挂在家里最显眼的位置。我们没给孩子报学前班，他就在幼儿园大班与小学正常衔接。我也不愿让孩子上学前班，因为他上小学时可能缺乏新鲜感，缺乏对未知的好奇与探索的欲望。更重要的是孩子养成了好的生活习惯与学习习惯。我们的选择是正确的。他四岁多开始学琴，钢琴考过八级，在小学又学围棋，考过业余二段。我和他爷爷都是数学教师却没让他学奥数，因为他不喜欢。不喜欢奥数不等于不喜欢数学。

十二年过去了，至今不明白花家地北里幼儿园是民办还是公办，但它一定给很多孩子和他们的家庭送去了温暖，现在我们常常回忆这家幼儿园，看孩子读完大班的集体照，虽然我们一直不认识他的老师，那位园长也仅在报名时见过一面，以后连样子都想不起，但在心里很想说："你好，花家地北里幼儿园！"

应该说我的儿子和孙子，他们的幼儿时代是幸运的。

他是领导

"领导"指的是明熙的父亲，老人满八十那年孙子和外孙子给他的称号。

老人很想八十大寿办得风光，那是一九九四年，六个儿女家境也不错，要办也是有条件的。六个儿女写信商量，见面讨论，主要在多大范围内请客人的界定上有分歧。最后达成的共识是几代家人的同事、朋友、同学、邻居一律不请，就是老人的儿女孙辈结婚后婆家人或娘家人都不请。这次做寿实实在在请的就是自家人。

老人有六个儿女，加上配偶这一代参加的是十二人，老人有六个孙儿、三个孙女、七个外孙、四个外孙女，共二十个，除两个没有结婚，这一代应有三十八人参加，当时第四代已有十二人，就这样已有七十人，加上老人亲妹妹一家、亲堂兄弟等八九十人的规模，在富顺西湖宾馆包了一层楼都不够。虽事前明熙的幺兄弟负责安排，但人一聚齐，六个儿女得开会商量若干具体细节，于是孙辈们戏称是在开"常委会",他们想来听听就说是列席常委会,而会议没有领导不行,因此老人就是领导了。

不过他一次会也没参加过,他本不想缩小范围,但儿女们定了也就定了,什么意见都没有。他是一个很好说话的人,所以他的领导地位形同虚设。应该说这种状况由来已久,有其历史渊源。

老人年轻时在镇上卖过中药,经营过酿酒小作坊,不能养家糊口,支撑一片天的是老人的妻子。她养育了三个女儿、三个儿子,逢单是女,双是儿,当地人称是很有福气的花胎。儿女们称呼父亲为父,称呼母亲为阿姐(是哪里人?为何称母亲为阿姐呢?)。阿姐是小脚女人,上过私塾,很聪明,很有智慧,据说古书《玉霞洞》能读通。她人漂亮,却很能吃苦,小地主的家必须指挥栽秧打谷,一年四季全家人的吃穿、子女的教育、供奉娘婆二家的老人、以后儿女的婚姻嫁娶,全靠她运筹帷幄,而父不需要动脑筋出主意,或张罗劳累,妻子在家把什么事都担当了。因此他作为丈夫,作为父亲,在该显示自己当家做主的才干时他没有机会展示,也就是说他该当领导时就没有当成。

明熙排行老四,据他说他家虽是地主,他一年只有一双布鞋,大多数时间打赤脚或穿草鞋,干活的人吃干的,不干活的人喝稀的。此地主非彼地主，不是想象中有很大的房子很多用人，明熙几岁时有一次在猪圈里睡了一晚，直至被猪哄醒才回床上去，也无人知道那天晚上少了一个孩子。但土改中这样的小地主家庭，阿姐依然受到很大的打击，拖着老小，被迫搬家。五十年代阿姐坚持供四个孩子上学，再困难都不能中断学业，把希望寄托在读书上，这是阿姐最坚定的信念。明熙上有哥哥姐姐帮助挑了生活重担，下有弟弟妹妹干喂鸡拾柴的杂活，他成了阿姐重点培养的人。困难时期阿姐更是没吃没喝也想方设法能让全家人平安度过，而这十多年政治的压力，物质上的穷困，父作为工商业者在单位有点为数不多的工资，也有一份供应的口粮，家里的情况虽不能说他知之不多，但至少是没有完全同甘共苦。用儿女的话说，他一直在空空里过日子。所以不当领导的日子虽没有荣耀也躲过很多灾难，领导其实是不好当的。

过度的劳累让阿姐积劳成疾，没完没了地咳嗽，没有药物治疗，不能安静地休息，吃饱饭是理想而不是现实，更说不上营养。眼盼着六二年过去会迎来生活开始好转的六三年，已经工作的明熙和他的三姐把老母亲送到自贡治疗，但都没能抗拒疾病的摧残，老母亲去世了。其实当年母亲只有五十二岁，离老应该还很远很远，这成为明熙兄妹六人心中永远的痛。明熙的大姐经常在这个家族中有新生命诞生时说："老母亲看见该多高兴啊。"

六三年老母亲去世时父才四十九岁，"文革"后曾有同事要给他介绍续弦的对象，但儿女们认为他一个月十多元钱的工资如何养活别人呢，他听了儿女们的意见，退休后想在哪个儿女家住就住那里。他生性达观开朗，心中不搁事，儿女家什么事他很少管。由于富顺是他的老家，他的根在那里，因此有不少时间住在我们家。

他年轻时是生意人，骨子里喜欢精打细算。

他生活很有规律，每天早上八点提着茶杯，自带茶叶，去西湖边的茶园和茶友喝茶，只需三角钱的开水钱可以坐半天，他离开家时我们会说"父上班了"，回家时会说"下班了"，他很乐意说他去喝茶是上班。回来在路上顺带买点菜。他的记忆力很好，菜是几斤几两乘以单价，精确到分记在一张纸上，月底合计完后交给我，我会把钱给他。他把自己定位得恰当，不是当家的人。遇到我这个不爱管钱也不斤斤计较的儿媳妇，他很想教育我们如何持家，但理念完全不同，因此他自己身体力行。比如刚上市的时令蔬菜不买，因为贵，要等登市后再吃。如果我们买吃的花钱多，他会说："宁买上当货，不买吃得货。"八七年我和四妹去北京玩，回来小儿子石头向我诉苦，说阿公每天中午藤藤菜茄子，晚上茄子藤藤菜，只是换换位置而已，而且肉要等明熙回来才吃。父只知道过去好吃的要留给当家人，比如他，而今时过境迁，好吃的要给孩子。当然最让我们头痛的是他下午喝茶回家会去买肉摊上剩下的颜色已不新鲜的肉,因为便宜。我提出这样的肉我们不能吃,想到可能还有不少苍蝇叮过,但他不听,为你们省钱你们还不高兴,后来明熙决定实施制裁,一是不给他钱,二是直接扔掉。父心疼儿子,他一点不生气。

九十年代有一本写牟其中的书,被他看得烂熟,孙子们来了他要宣讲,我们的朋友来了他也抓住机会谈这位老牟的发迹,他很希望大家都会做生意。

父一辈子喜欢抽叶子烟,来看他的儿孙都爱给他买。一大片大片的烟叶子,喷上干净的水,剪成一节节的小块,然后卷成纸烟状一根根的,排列在桌子上,柜子上,晾干后收藏在抽屉里。他喜欢的客人如果抽烟他会送上一小包。他的一个孙儿开玩笑说为什么阿公身体健康,就是因为他抽叶子烟,而且是他自己生产,又是亲手制作的。立即另一个孙儿响应,愿意为他做广告、宣传、销售,定价可以超过红塔山,问他你自己为什么不学牟其中呢?这些玩笑让他愉悦,我觉得他天天卷叶子烟是一个很好的活,让他很安静,就像练气功,活动手指,进入一种境界,大概真是他长寿的秘诀之一。

父还有一个爱好是看报,看新闻联播,他有很多见解想对人谈。我们买了大电视机放在厅里，说小的放进他的屋，他不要，因为一个人看有什么意思呢。记得九一年有一个电视剧写一个老缝纫师傅与一个退休女教师的黄昏恋，感情真挚，却遭双方儿女反对的故事，我和明熙边看边谴责儿女，没想父一下站起来指着明熙说那你们当时为什么反对我？我们无言以对，突然觉得他十分可怜。那么多的儿孙，各家忙自己的事，过自己的日子，他有时谈点看法我们也没认真听。只见他天天健康喝茶，吃饱穿暖，这个女儿接去玩玩，那个儿子家过过，北上南下，坐飞机，坐火车，比很多老人都幸福了，其实内心有孤独。

父对自己有多少钱特别清楚，那点三十多元的退休金拿了很多年。能攒下一点钱首先是他健康，很少生病，其次是他的孙辈们工作了，儿女们真正好起来了，他的日子就更好过了。儿女们、孙辈们在他生日或过年过节都会给他钱或买礼品，从没戴过金戒指的他也在八十岁后戴上了，好衣服不舍得穿，我和明熙常提醒他穿新的，好酒他留着送茶友，好茶好叶子烟是最爱。他经常要对礼物在性价比上作评估，我大儿子在九四年给他买了个五十元钱的打火机，他大呼不值，他说你宁可把钱给我。

要从他手里拿钱是困难的，但也是快乐而有趣的，那要等到过年。明熙的一个侄子告诉我，七十年代阿公发给他们的过年钱是一人五分，还得先磕头，想多磕几个头多得几个五分都不行。我看见发过年钱规模最大的一次是一九九九年，在我们家。就我们和明熙大哥两家人，两大圆桌坐不下，孙子和孙女婿等男性自然坐一大圆桌，挤在阿公身边，吃都是次要的，就是要老人发过年钱。那天父穿的棉袄很多口袋，不同口袋装着不同的钱。先发第四代末末的，那天在场有七个末末，一个末末二十元，从外面的口袋掏钱发，而那年最大的一个末末已大学毕业参加工作他就不发了，这个孩子在祖祖面前不依不饶，她的舅舅们帮着说好话，终于发了二十元。刚平静，我的孙儿满满当时是在场的最下末末，老人从里面口袋掏出一张一百元发给满满，明显偏爱，又是一阵哄闹。于是坐在他两边的孙儿特别关注阿公衣服里面的口袋，老人边讲发钱的理由是满满不到一岁，第一次得过年钱，一边得小心孙儿动他的口袋，笑声一阵高过一阵，我和大嫂笑得眼泪直流。说实话这个小末末他确实最爱，他天天喝茶回家要抱满满，一身的叶子烟味也带在孩子衣服上，还悄悄躲在房间喂满满吃我们认为不该吃的东西，我们也没办法。明熙的大姐说父自己的儿女没带过，那么多孙孙外孙，还有那么多第四代（满满是第十七位），他也没这样亲密过。满满给老人带来过很多快乐。总之那天孙辈们一人十元，我们当儿女的一人一个一元硬币。大家心满意足。要的是欢乐。

九九年父已八十五岁高龄，儿孙们缠着和他闹，他的兴致很浓，头脑清楚，心中有数，决不会发错钱说错话。说到他的健康，让人佩服，九三年正月，我爸爸在富顺去世，我的三妹来奔丧，三妹是凌晨三点过到富顺东街车站，是父和司机一块儿去接，他并没有见过我三妹本人，只告诉他三妹很像我。漆黑的夜晚，昏暗的路灯，他很准确接到我三妹。后来明熙说一样七十九岁年龄的两位老人，一个去另一个世界，一个却在为离开的人奔忙，人与人太不一样。我的爸爸遭受打击太多，知识分子，心事太重。而父有妻子为他承受了大多数重压，加上他什么事都看得开，他这一辈子好像不需要指挥谁，在各个时期总会有亲人在为他安排好一切，当他的儿女年事已高力不从心时，孙辈们乃至末末辈又接过接力棒分担若干照顾他的事，颐养天年的父，他这个领导当得不辛苦。

不过他这一生有一次很光辉地、实实在在像领导一样地讲了话，那是二〇〇四年他的九十大寿，这一次规模扩大是他老人家已五世同堂，他的末末又增至二十一位。大家庭、大家族聆听他准备了很久、也可能是人生历程顶峰的声音，下面是他讲话的原文：

"各位亲友：我已度过九十个春秋，经过风风雨雨，没有为国家和子孙做贡献，表示惭愧和遗憾，但是有幸发展了五代人，其中有政界、学界、工界和商界。希望你们在各条战线上努力学习，持之以恒，艰苦奋斗，克服困难，发扬光大，继续前进，戒骄戒躁，再接再厉，更上一层楼，个个成才，做出新的成就，再创辉煌。我们已经建立幸福大家庭，要一代更比一代强，后继有人。感谢各位亲友，承蒙光临，表示崇高敬意，谢谢。"

一个九十岁的老人，用洪亮的声音，不用讲稿，面对上百人，在庆祝酒宴开始之际，讲出上述一番话，说明思维是非常清晰的。

九十个春秋在他头脑里像放电影一样不知过了多少遍，他一定对自己的一生进行过无数次总结和反省。谁也不是完人，但要在祝寿典礼上面对自己的儿孙说没做贡献，表示惭愧，是可贵的。

快乐的四姊妹

妈妈在八年中生了我们姐弟六人，前面四个是女儿，我是大姐。解放初期住在泸州市瓦窑坝的泸州一中，再往西去分别是泸州化专和解放军四七医院。

五一、五二年我在城里上小学，三个妹妹在一中附近的乡下上小学。周末我从城里回来，傍晚一起去一中操场，坐在双杠上，看夕阳不断变化的美丽云彩；晚上繁星闪闪，我讲看的《格林童话》。一起去泸州化专看露天电影，在化专校园遇见农民的牛撒野横冲直撞，我抓住四妹裤子的背带四处躲藏。我们和四七医院的几个志愿军伤病员成为好朋友，和他们的合影现在还珍藏着。

刚满十一岁的五三年上学期，我带着三个妹妹在城里的梓橦路小学住校，每天四姊妹有五分钱零用钱，下午放学在街边去转糖粑粑儿。那时街边有卖糖的师傅挑着担子，一头用火炉熬红糖，把熬化的红糖舀在汤勺里，手高高地拿着勺，细细地倒在抹了菜油的光滑石板上，糖水在石板上画出兔，鸡等小动物，赶紧放上竹签，等糖冷了就可以拿起来，看一会儿就可以吃掉。在担子的另一头有一个木制的转盘，花二分钱转一次，转盘指着什么可以得什么，价值最高的是糖龙或五十个一分钱硬币大小的糖粑粑儿，因为要用很多糖才能做成。但转盘上显示最多的是五个糖粑粑儿。我们发现二妹手气最好，她转五十个的几率高，得了五十个一人吃十二个剩的三妹四妹吃。那是我们放学后很享受的事。

我们四姊妹一个比一个大一岁多，周末和假期常形影不离，妈妈的学生分不清我们谁是老几，而她的同事则羡慕她有四个可爱的女儿。我们喜欢逛街，喜欢拍照，笑点很低，会为一件别人认为不可笑的事大笑；会在节日去合影留念，很多时候一定带着爸爸妈妈，再没钱用，拍照的钱必须挪出来。

居委会要我们大的三个参加游行表演，我们一定争取让四妹也参加。至今记得五十年代初期我们四姊妹演"我骑着马儿过草原"，排练时三妹要我们三人唱，她跳舞，就像现在的歌伴舞。

五九年暑假居委会要派我去参加全国人口普查，我向居委要求带上三个上初中的妹妹去，地点是泸州市罗汉场，在那里住了十多天。当时领导搞普查的派出所的人把我们姊妹四人分为一个组，吃饭发饭票，住在一所中学的宿舍里。记得一天三顿吃饭时广播里都放一首民歌："手拿花帕甩哟，我和那个情哥下哟乡来哟，小郎是冤家哒，舍嘛是舍，丢嘛是丢，难舍难丢嘛来了，咋开交，快到树下去藏躲哟，小郎是冤家哒。"过得很愉快，回去时四人共发了六元工资交给了妈妈，妈妈立即去给我买了块被单布准备住校用。

妈妈酷爱京剧、昆曲、话剧。年轻时读四川大学时就登台唱京戏和昆曲，在街头演《放下你的鞭子》。当老师后在泸县女中导演并参演话剧《雷雨》，拉京胡的老师为她唱戏伴奏时要我们跟着学唱《苏三起解》，我一点不明白其中意思。

在泸州一中教书时，她也多次导演话剧。印象深的是一中有一位很知名的语文教师刘彦仓，写了剧本《女神》（？），妈妈导演，由两位高中学生分演男女主角，灯光、烟雾，都很讲究舞台效果，当时很轰动。妈妈指导学生排练时，二妹和三妹就在家里演："天上没有天堂，人间才有天堂，谁带你去寻找人间天堂？"记得妈妈和四妹还同台演过话剧，她最后导演并出演话剧是在六四年，演《年轻的一代》，我和明熙去观看过。

那些年全国推广普通话，所以三个妹妹都有较好的普通

话基础，可能更多是遗传基因的作用。三妹曾穿着妈妈
肥大的衣服、有补丁的裤子去参加诗歌朗诵会，她朗诵
《回延安》，还得了第二名。当时有老师说这么乖的女孩
为什么不穿好一点的衣服表演？但好衣服从何而来呢？

本来妈妈生了四个女儿才盼到生两个儿子，而且儿子的
名字中分别各取用妈妈和爸爸名字中的一个字，以显示
儿子在他们心中的位置，但五七年后由于家境艰难，她
真的顾不过来。夏天两个弟弟只有一件背心，晚上洗了
第二天等着穿，我们把这种衣服叫"等干衣裳"，兄弟
俩大多数时候打赤膊。过年没新衣服，妈妈常拆旧毛衣，
换个花样织，大年三十晚上我们围着她织到深夜。由于
我最大，我是穿得最好的。

五九年夏天，妈妈带着我们选择布料，为我做了一条浅
绿色裙子（这条裙子我工作后一直穿到有孩子时为儿子
缝棉衣做衬里），为三个妹妹选的是一色鹅黄打底的花
布料做的苏式背带裙，四妹的加白色荷叶边。五九年全
泸州市号称万人的誓师大会上，四妹穿着新裙子代表全
市少先队员上台讲话，那时肯定是十分荣耀的事，以我
们当时的家庭处境，她能被选中实在不可思议。这年
"六一"，三个妹妹分别从就读的不同学校选出参加泸州
市初中学生诗歌朗诵比赛，不知什么原因，三所学校为
她们选择了同一首诗歌《我爱我的红领巾》，三人穿一样

的新裙子，扎着一样的小辫子，本来就长得像，让评委混淆不清，成为会上花絮。记得那次四妹获了奖。

我们四姊妹读书也在那个特定年代经历风风雨雨，悲悲喜喜。

自五七年后政治风云突变，从五九年开始，强调贯彻阶级路线，直到"文革"前的六五年，先是像我们家爸爸因历史问题劳教，加上有海外关系，大学基本上不录取，后来发展为普通高中也不录取，初中只能上民办中学。而我们姊妹四人和两个弟弟的升学都正好在这个时间段，爸爸不在家，只有妈妈一人承受我们不能正常升学的打击。

我五九年填报九所国家办的大学无一录取，幸好泸州在五八年办了一所地方大学"泸州大学"，五九年改名为泸州专科学校，先录取我在无机物专业学化工，学制三年。想到以后可以当工程师，退而求其次，还是高兴地去了。没想到上了二十几天的课教务处通知我改学师范数学专业，不缴伙食费，学制两年，少读一年书我伤心不已，但毕竟还有书读，退后一步自然宽。当老师以后发现自己挺喜欢的，甚至觉得改专业的人很英明，因为在这个班遇到明熙，我的职业与婚姻都因这一改而被确定。

五九年新建的宜宾文工团在泸州各中学招人，听妈妈说别人要录取二妹，三妹也想去报名。那时我们家太困难，如果早出去一个工作，家里负担就减轻一个，但妈妈坚决不同意，再困难也要让孩子先完成学业。二妹因成绩优秀当年被保送读泸州高中，而二妹总是运气好，她六二年高中毕业，省长康乃尔有个有指导意义的讲话，那一年大学招生重在个人学业和表现，阶级路线的贯彻在那一年有所放松，于是本来成绩好的她顺利考上医学院读了五年，令我们羡慕不已。后来我们经常开玩笑说她小时转糖粑粑儿就显示了好运气。

本来二妹三妹小学同时毕业升入不同的初中，五八年秋都该上初三，可是由于泸州修沱江大桥，三妹被选去大桥指挥部广播站当了播音员。十四岁的她每天需要采写和组织稿件，干了大人干的工作。修桥是当年泸州最振奋人心的事，我们当时家就住在小市桥头，过河来来去去不知在那里宣传好人好事的人中有三妹。因此她被耽误一年学业，为泸州人民做贡献了。没想这一耽误让她遇到六〇年四川音乐学院附中首次到泸州招生，她背着妈妈去报名，怕像报文工团的名妈妈不同意。由于她的音乐天赋被录取，通知来了，学钢琴专业，全家人才知道。其实妈妈希望的是儿女有书读，再困难也得先读书。

六一年贯彻阶级路线又比六〇年势头更强，聪明的四妹竟然连普通高中都未被录取。进入九月下旬可怜小小的她没有学校可上，看见别人上学自己以泪洗面。当时我刚参加工作，她给我写信说准备去小饭馆当服务员。几天后她又突然来信说泸州医专药剂专业录取了她。后来才知道是泸州四中想到非常优秀的她至此不能上学太可惜，于是特别为她争取到的，所以九月二十八日才去报名。

虽然我们几姊妹上的学校没有十分如愿，但都来之不易，我们读书时都非常珍惜，为我们以后工作打下了好的基础。开朗的性格让我们充满自信，我们大多数时候与高于我们学历的人一块儿工作，并表现出优秀的能力。

六六年以后的十多年我们四姊妹分别在四个城市工作，由于工作性质不同，又先后恋爱、结婚、生子，很难得同时聚在一起。我们四姊妹有很多相同之处，生性活泼，爱唱歌，做事容易冲动，有朋友圈子，在不同的城市看同一部电视剧，不在一起却选择同一款式的衣服。而四人的丈夫都相对内向，严肃，做事稳健，其中两位学机械，一位学物理，我的爱人明熙喜欢机械没学成而当数学教师。他们四人都有很强的动手能力，家里的电呀，水呀，开关呀我们不懂也不用管。并且经常对我们异想天开的行为加以制止。我们四姊妹都不善管大的支出，我至今不会在柜员机上取钱。

最能表现我们做事感性、缺乏计划的是八六年春节，过完年正月初二的晚上已过半夜一点，二妹看见报上写自贡灯会的文章，她说为什么我们不去看呢？二妹说出这话我觉得我有责任请大家去，因为明熙当年正是自贡灯会富顺展区负责人，但过完年他立即带当年要考大学的大儿子回去复习功课了。怎么办呢，初三早上八点过我们几姊妹商量，决定去看。我们首先去邮局打电话给明熙，由他联系在自贡日报社工作的表弟帮忙买灯会票。我们一行十二人分两批乘公共汽车去自贡。晚上近七点十二人全部在沙湾饭店聚齐，再乘车往檀木林宾馆，我和三妹去取灯会票。由于过了七点半，到表弟家才得知，以为我们没有来，他把票给处理了。当时那个气馁呀无以言表，关键我们带着七十多岁的爸爸妈妈。我一点主意都没有，三妹带领大大小小十二人走到卖票点，看见人拥在那里，窗口根本没开，她说你们在边上等着，她不知怎么就进里面去了。没想她一会儿出来了，一个眼色叫我们赶紧走，离开人群后，说果然买到了票。原来她挤进门去告诉里面管事的人说我们全家十二人分别来自北京、成都、泸州、达县、富顺，对自贡灯会是多么多么……，上至七十多岁老人，下至几岁小孩，总之工作人员被感动得卖了票。那晚上看灯会的人不多，我陪爸爸妈妈，还有弟弟的儿子绕着平地走，因为爸爸七十年代患脑中风后落下后遗症，行走有困难。三个妹妹带着其他孩子山上山下满园跑，碰见中央电视台在拍自贡灯会，现场主持人是赵忠祥。估计这是没有很多游人的原因。我们一直看到闭园才离开。

回宾馆的路上很兴奋，睡到床上才想起第二天这家人怎样才能离开自贡呢。春节期间车票很不好买，去过自贡看灯会的人都知道那番拥挤。第二天早餐后先送三妹一家四口去乘重庆方向的火车，车站人山人海，根本买不到票。三妹一家怎么进站我们都没看清，只见他们在那里远远地向我们招手，上去再补票。松了一口气后，我和二妹又赶紧排队为四妹和她女儿买回成都方向的票，排在离窗口很远的地方，队伍没有动。突然有一个中年男子拍我的背，小声说他有一张软坐票。我和二妹拿到手怕是假的，书生气十足地看了别人的工作证，还去向工作人员求证真假。卖票的男子长叹一口气，那么多人要买票为什么非要卖给你们呢，本来是卖方市场反倒成了买方市场。我们也觉得奇怪，大厅里那么多人买票，你为什么挤过来拍我的背呢，我们不相信，你为什么还有耐心向我们解释并给工作证看呢？当我们挤进站到列车门口时，四妹的女儿累得一下子跪在地上。

近中午送妈妈和二妹回泸州，也是根本没有票。妈妈沟通能力好，向司机说了许多好话，愿坐在车门口的台阶上，司机让她和二妹上了车。后来有好心人让了座位，二妹一直站回泸州。最后是我和石头陪着爸爸，还有小侄子，一直到晚上九点过才碰见熟人挤上面包车，回到富顺二中快半夜了。虽然很累，但很多回味。

后来四妹说如果是她爱人家有这种大型活动，一个月前就得准备，哪里会像我们四姊妹，头脑一发热，想一个钟头就开始行动，而且后面的事该怎么执行事前没有打算，完全是边想边做。

四姊妹同时回泸其实不容易，爸爸妈妈会高兴得几夜睡不着，提前几天就在想吃什么，后来我们回去都不敢提前告知。一般情况下我们回家，妈妈开门会像小孩一样高兴地蹬两下脚，我们立即让她先吃一粒硝酸甘油之类的药，怕她过度兴奋引起冠心病发作，而她的第一句话是问"能住几天？"父母想儿女真是想得很苦。

九二年春节的聚会人到得最齐，我们在家里自办了一场联欢会。我的儿子石头和二妹的女儿茂茂当主持人，所有孩子关在房间策划半天，居然有宣传海报，家里所有人都上演出名单，连爸爸也当总监（那年爸爸虽思维清楚，但不能用言语表达）。内容丰富多彩，其中自己作词作曲的歌曲就有两首。我们姐弟六个小家庭分别表演了很多节目，妈妈哼唱了几句昆曲，几个女婿拉着妈妈跳舞，结束时齐唱《难忘今宵》。家庭联欢会后没有尽兴，又去歌厅唱歌，那里的人以为来了一群专业歌手，我的妹妹们都唱得好，但最好的是大弟弟。大年初一孩子们在家搞时装秀，全家去泸州广场玩，想转小时候吃的糖粑粑儿，结果只买到一条糖龙。我们去长江边踩鹅卵石散步，回泸州一中旧居拍照，很像《往事》那首歌唱的"永恒的歌声让我在回忆中，寻找往日那戴着蝴蝶花的小女孩"。

九三和九五年我们的父母相继去世，有父母才有家，很想念有家的快乐日子。以后我们四姊妹忙于工作，忙于支持孩子的学业、创业，忙于带孙子，而我在退休后到北京应聘教书两年半，二妹四妹退休后一直被原单位返聘至今，三妹更是二十多年都在教学生弹琵琶，好像都很忙，都不服老，过得都很充实，很愉快。虽然都有分散见面的机会，遗憾的是总没有时间同时聚到一块儿。

如今我和二妹生活在北京，三妹和四妹生活在成都，我期待快乐的姐妹，还有几个弟弟，什么时候能聚在一块儿呢？

石头的保保 _

在泸州富顺一带地方，家里人常称呼父母的姐妹为保保，
如果一个家庭把没有血缘的人叫保保，那这个人一定与
这家人的关系不寻常。

石头的保保就是这样一个人。她本姓曾，嫁到陈家，
街坊邻居都叫她陈二娘。当她成为石头的保保后陈二
娘的称呼淡出，原来认识她的许多人叫她石头的保保，
她也因此被富顺二中的许多老师、我们的许多学生，
以及我们许多家人所认识，老老少少、男男女女一律
称呼她保保。

我们和她相识是因为七〇年她女儿是我的学生，我去做
家访，她告诉我五十年代她丈夫去世后一人抚养两个儿
子一个女儿，卖过血，拾过煤渣，帮别人带过孩子。她
的家坐落在富顺的西湖边，背靠富顺城的名山"第一山"，
面对富顺城的五虎山。老式的平房小屋，泥土地面的房
间被她收拾得一尘不染。一看就是特别能吃苦，特别干

练，特别能操持家，一分钱能当几分钱用的人。

我的小儿子石头在快五个月大时，我和明熙因都当班主任，就决定把孩子全托给别人带，找谁呢，一下想到我的这位学生家长。其实她的大儿子已去修铁路，二儿子当知青，她用不着再带孩子，而且当年她已五十七岁，但我们还是想试试，没想她爽快答应。七一年的八月底，我们把刚满五个月的小儿子交给了她，记得她当时开玩笑说这可是重砣砣（沉）的石头啊，言下之意责任很大。但不知为什么，我们打一开始就对她充满信任。按当时富顺人对保姆的称呼我们叫她曾娘娘。本想叫她婆婆的，她不愿意，她说她的女儿是我的学生，我们应当同辈才对。称呼保保是一年半以后的事。

石头的保保很有主见，不喜欢别人指挥她。比如最先我提出我们除了给她工资外，要每月给三十个鸡蛋，一斤白糖，至于奶粉、米粉是需要吃多少就买多少去。但很快她就告诉我吃多少蛋由她决定，不一定每天必须吃一个，糖也不需要每月一斤，说糖吃多了以后牙不好，总之叫我们别管，她会带好孩子。此后我们真很少过问。一年四季她总会给孩子喝不同的草药水，预防感冒，清理肠胃，买鸡肝、鱼等，熬菜粥喂孩子。冬天让孩子睡得暖和，由于她特别爱干净，那个年代没尿不湿，但孩子穿的从来没有尿湿过，这是我们带孩子最不容易做到

的。白天她去买菜，用背带背着石头，石头怕冷，保保
让孩子的一双小手插进她的衣领里捧着她的颈脖，那种
温馨很让人感动。夏天太热时，她会用大木盆装上温热
的水让孩子坐在水中玩，并不时添加热水保持温度。她
家没有自来水，需人工挑。总之孩子在她家全托一年半，
没生过病，我们没用过一分钱药费。我们从内心十分感
激她。

一年半以后，石头一岁零十一个月，富顺二中请两位家
属办了托儿所，为了让孩子能和小朋友一块儿玩，决定
让孩子上托儿所。先怕她舍不得孩子，但去向她提出时，
她像答应带孩子时一样爽快，特别通情达理善解人意。
不过没想到的是石头一开始回家不习惯，看见保保和她
的儿子、女儿像久别的亲人，大人孩子都哭。我们觉得
保保带石头带出亲情了，便决定改称娘娘为保保。

很多帮人带孩子的，在解除雇佣关系后主雇双方就没有
什么联系了，或者随孩子长大情感会淡漠，而我们却是
在没带孩子后情感与日俱增的。我们知道保保一家很想
念石头，就在周末带孩子去玩，保保也在每年的端午请
我们去吃饭，说那天要吃大蒜、苋菜、咸鸭蛋、粽子，
大人喝一点雄黄酒，小孩就把雄黄酒用手指蘸一点抹在
眉心，可以少生病。而每年的腊月二十九只要我们还没
有离开富顺，也是一定要去她家吃饭，因为那天是保保

的生日。我们也因此认识了她的许多亲朋。

石头在农村小学共和小学读了一段时间，很快朋友帮忙转到当时全城最好的前进路小学。第一个寒假结束我带他去报名。下了雨，他背着斗笠，高一脚矮一脚去学校。他刚读完小学一册，很多字要用拼音代，果然作业没按要求完成，他的数学教师当时骂他的话我至今记得。她说："你滚回共和小学去，那里的同学会欢迎你，要欢迎你，用脚趾头欢迎你。"这里用了"滚"这个字，第二个"欢迎"是在嘲讽，后面则是羞辱。我当老师多年，可以严格要求学生，但决不可谩骂羞辱，我也不嘲笑学生，因为这些做法都是对学生人格的不尊重。我牵着儿子赶快离开，我不愿在那里流下眼泪。而墨水、泪水、雨水，把石头脸弄得脏脏的。一个老师怎么说出如此刻薄的话呢？后来石头保保知道后，她觉得输不下这口气，一定要知道是谁骂了她的幺儿（她都这样称呼石头），她是一个敢爱敢恨的人，敢打抱不平，也敢吵架，不像我们顾及影响什么的，从来不愿和别人发生争吵。我没敢告诉她这个老师姓甚名谁，以后的几十年也没告诉她是谁。可是后来石头又被另一位教师错怪留下不准回家吃午饭，保保知道事情真相后当即叫她大儿子（石头笔下的三哥）写条子质问老师，落名为"保保"。后来班主任问我保保是你家的什么人呀，竟然可以以家长名义说话。怎么说呢？她还真有资格。她是人不犯我我不犯人、人若犯我我必犯人的那种人。

石头保保那时被居委会派去守市场，带一个红袖套，我
觉得像现在的城管，但是业余的。她有时在周末会带着
石头去。为了规范农民赶集卖菜地点，她有时会和人
发生争吵，富顺二中有老师问我你就那样相信她的人
品，会不会对孩子产生不良影响呢？我感谢这些人的好
心，但我绝对相信保保的善良，她的教育源自她真心的
爱，或许对孩子在性格上还可以有些补充。更重要的是，
不管是对自己的孩子还是对学生，在教育上我都有一个
观念，父母不可能每时每刻去跟着孩子为他指出什么
是对的，什么是错的，只有潜移默化影响孩子，让他自
己有识别能力，学会自己把握自己，我认为这才是教育
的最高境界。事实上保保以及她的儿女都以自身优秀的
一面给予石头好的影响。一放学石头会在她家门口写作
业（这是我教育大儿子时很期盼的），保保会在她家院
里让其他孩子向石头学习，增强了石头的自信；石头在
她家绝不会乱扔纸片和糖纸，一定要收拾到炉灶里生火
用；保保大儿子有很好的文学修养，酷爱阅读，藏书不
少，写得一手好字，这些也让石头崇拜。他甚至按陈家
姓氏和字辈为石头取了一个他们陈家的名字叫"山石"，
我和明熙也乐于接受，我们说石头"大如山，小如石"，
寓意非常深刻。

石头和保保的亲密关系曾给我的学生造成混乱。一次由
于天气转凉，保保请我的学生给石头带厚衣服去，那个
学生小东就住保保家院子，下课时，小东走到讲桌前说：
"老师，石头的妈要你带两件衣服过去。"我一下糊涂了，
我就是石头的妈妈呀，但立刻又明白了小东说的妈一定
是保保。在石头的妈妈面前说别人是妈，我当时差点笑
出声来，我迅速跑回办公室去笑个不停，老师们莫名其
妙，我说了缘由大家也都跟着大笑。

保保一家也爱我们的大儿子，她经常也叫我大儿子为幺
儿。九十年代我两个儿子先后辞去分配在上海和成都的
工作，当时我心里很是放心不下，儿子们在外打拼也遇
到不少艰难曲折。当时保保看见她的儿女总是和我悄悄
谈论，似乎有事瞒她。她已八十高龄，我们不愿她担惊
受怕，没想反倒让她不安，胡乱猜测。后来她的儿子跟
我说一定要告诉她，否则她会憋出病。没想到她老人家
知道后很能坦然面对，没有对辞去工作感到惋惜，劝我
相信两个儿子的能力，更让我感动的是她说她有两千元
钱可以给她两个幺儿用。钱不在多少，而在于难能可贵
的支持。这不是一般人能做到的。

九七年的一天她到我家告诉我她心脏有些不舒服，我说
我陪她去县人民医院看病，她不愿意。人都有软肋，她
的软肋是她大儿子的前妻在那家医院工作，而离婚曾极

度伤及她大儿子。于是她连那家医院都不去。当时我就我的医学常识给她买了一些药，并专门去她告诉她大儿子，应去治疗，以后他们也找了小诊所医生开处方服药，就是没到县人民医院检查。后来她很高兴，说没事了，照样背几十斤米，天天买菜做饭。九八年她二儿子搬新家，八十四岁的她一样忙前忙后，走路也依然不像八十几岁的老人。夏天八月份的一个晚上，还看见她一人在街上，我要给她叫三轮车她也不要。可是就在这个月的一天凌晨快五点时，一阵急促的电话铃声惊醒了我，她女儿哭泣着告诉我保保离开人世的消息。几天前的晚上看见她还精神好好的，我心目中从来都觉得她是一个不会倒下的人，几十年就只那一次听她说过不舒服，也没看见她生过病。她一张饱经沧桑的脸，刻着的皱纹也显示的是坚强，几十年不驼的背，不弯的腰，不蹒跚的腿，怎么就倒下了呢？慌乱的我先电话告知在北京的两个儿子这一不幸的消息，我的石头在床上大哭，他们回不来，然后我赶去保保家致哀并替两个儿子为老人守灵。保保的大儿子告诉我几个钟头前保保去世时的情况，晚上天下很大的雨，他那间屋子年久失修漏雨，保保在半夜一点过为儿子拉雨布。两点过又起来，预感自己不行，她叫醒儿子，自己慢慢坐在椅子上。再一次拒绝去县人民医院，然后褪下戴的手表及金戒指，摸出口袋里的两千元钱，拉着跪在她面前的儿子的手，就这样静静地坐着在黎明前离开了人世。

原来两千元钱是她的全部积蓄，她本打算为我的两个儿子倾其所有。

她是再普通不过的一位劳动妇女，没有文化，没有正式工作，过得一直平淡，从不奢求富有，她的思维带有一些哲理，她的人生也有过传奇，最后离开人世也那样与众不同。让我想到伟人被人记住是因为他的名字千百次敲打我们的大脑，而平凡的人被人记住需要付出情感，需要人格魅力。如果一个平凡的人能被人深深缅怀，她就变得不平凡了。保保就是这样的一个人。

九九年春节，石头回到富顺，他带着妻儿在保保遗像前长跪不起。

很多年后石头在他的《业余书店》一书中用心声写了保保大儿子《三哥》一文，以此记住保保以及她的家人。

经过困难时期的我们

五九年秋我上大专，正值国家进入困难时期，物资匮乏，但那个中秋节学校竟发给两人共分一个的红糖馅月饼。过完国庆调整座位，我坐在明熙的后面，就这样到毕业，看他的后脑勺近两年之久。

进入六〇年，生活更是困难，虽然学生一个月三十斤粮食，其中按比例有高粱、红薯，当时的红薯根本没有长大，一根根比拇指粗不了多少。而且我们必须到乡下去挖红苕，记得在离泸州城二十多里地的石洞镇挖红苕那次，已经深秋了，经常下雨，挖的红苕都是班上的男生运回学校。明熙自然也去运，用板车两三个人拉一辆，晚上拉回去，到学校已过半夜了。为什么要晚上运呢？现在都没想明白，那时当领导的做事常违反常理，本来就吃不饱，消耗又大，白天已超负荷劳动，晚上还加班加点。一车生红苕对饥饿的年轻人该有多大的诱惑力，还是漆黑的夜晚，但在路上再饿都不会吃一个，这是一种崇高的信念，在最困难的时候好像偷不偷吃大家的东西是判断一个人好坏的最高标准，偷偷吃了绝对大逆不道遭人耻笑。当然吃高粱就更惨了，因为容易便秘，在厕所会听见痛苦的叫声。由于没有足够的汤和开水，我当时只要吃高粱就喝一大盅凉水，怕不干净我就加一点十滴水。

六〇年冬天明熙依旧只穿一件很短的旧棉衣，显然是少年时的，下雨天穿一双布鞋，用废轮胎钉上去的那种，胶皮掉了就自己用铁丝把胶皮绞上去（以后的几十年他都喜欢用铁丝来固定东西），又冷又饿，脸经常黄黄的。同桌问他是不是生病了，我坐在后面听见后就想他怎么才能暖和一点呢？于是我对妈妈说有一个同学要向我借五元钱并要我代他买一件绒绒衣服（像现在的厚一点的运动服），妈妈便陪我去买，明明看见买的是一件男生穿的，妈妈充分尊重我，一句都没有多问。拿回学校给明熙时不好意思说是买给他的，就说是借给他的。到六一年天暖和后明熙真拿衣服还我，我说我不要了就赶紧走开，那个年代要说送他的根本说不出口。当年妈妈一人工资供全家八口人生活，生活困难的程度可想而知，五元钱的重要性非同一般。六一年因家里急需用钱，我曾和我二妹拿一床旧棉絮去泸州白塔旁的典当铺希望能当三元四元钱，而当铺老板不知是不是看我们可怜竟让我们当了五元钱，我们真是喜出望外。

后来明熙说那是他穿的第一件买的衣服。他家在农村，
十分困难，读书期间连蚊帐都没有，为了对抗蚊子叮咬，
睡觉时用被单蒙住全身，可是又热得大汗淋淋，真是过
冬和过夏天都可怜。不过他穿的第一件毛衣也是我妈妈
织的，因为没钱买新毛线，妈妈把旧毛衣拆的线用开水
烫直再一根破成两根织。我会织毛衣后才知道这是一个
非常麻烦的大工程，白天要上班，不知熬了多少个夜晚，
几十年了，明熙一直念叨这件珍贵的、无价的毛衣。明
熙回富顺芝溪老家，他母亲给他路上吃的一个鸡蛋，也
没舍得吃，想方设法给我；我在实验室做教具，他把鸡
蛋放在桌子上滚来滚去，我不好意思拿，他又怕同学看
见，着急得不行。

六一年七月底毕业，我到隆昌二中当了教师。当教师的
第一年更是困难。我们当时的定粮只有二十二斤，在泸
富隆地区标准最低，当时从泸州去隆昌乘火车，我那里
是一个中转站，我经常有家人或同学来访，所以供应的
粮食常不够吃。学校曾发米糠再加一点稀稀的糖水，给
我们一些补充，我在房间里用三块砖搭一个灶，用搪瓷
盆当锅，用学生的废卷子当柴火煮糠吃，满屋都是烟，
熏得直流泪。明熙的三姐来时我还请她吃过，因为是甜
的，觉得很珍贵，后来听她说根本咽不下去。六一年的
冬天，我盖的垫的都很薄，由于没有棉鞋，也没有暖水
瓶。当时棉花、暖水瓶都按计划供应，我因教高中六二

级并当班主任，晚上经常上班到十二点，一双脚穿着单布鞋在教室或办公室坐得冰凉。晚上疲倦得要命，但在薄薄的被窝中却一阵阵冷醒。不过好处是每月可以和毕业班学生一起吃一次用牛皮菜（以后都用来喂猪）、莲花白老叶子等做菜的一餐饭，能吃饱。而且我的学生张礼先总在餐后去食堂再向炊事员要一碗莲花白老叶子的菜悄悄给我端来，我可以在以后两天都有补充的（二〇〇六年我和这个学生联系上了，她依然十分关心我，每次电话要我天天吃黑木耳降血脂）。

六二年过完农忙假，是收割麦子的季节，明熙从富顺童寺芝溪乡家里走八十多里地到隆昌，为的是给我拿新麦子磨粉做的麦粑，没想那次他刚离家不远就拉肚子，严重时走一根田坎路拉一次，路上没有药吃，没有水补充，割麦的季节已经很热，以后才知道极易造成严重脱水，有生命危险的。又是一次十分危险的遭遇，但他没有倒下，坚持走到隆昌二中。他真是一个既能吃苦又有顽强毅力的人。老天爷也特别眷顾他，命大福大。周保保从资阳给我带了花生，我也想留给明熙吃，那时没储藏的地方，耗子又特别多，我的抽屉里曾经有大耗子在里面生了一窝小耗子，吓得我跑出房间大叫。晚上睡觉我把装花生的布袋放在被窝里，用皮带把脚捆绑好，让耗子进不来，不过做了不少噩梦。

那时候我和明熙的信也多，几乎天天都在写，像日记，像记事，像随想，记录爱情，记录思念，讨论国事，分享工作中的快乐，共担生活中艰难，等等，交信也不仅是收到信后再回，觉得想把写的赶紧交出去就交。因此我们当时收信必须注明日期，或者编号。于是写信的信纸、信封、邮票对收入菲薄的我们来说都是一笔不小的开销。我用学生的废卷子做过信封，也在收到信后小心拆封口翻过来重复使用，还发现过邮戳没有盖在邮票上欣喜地又把邮票浸泡后撕下重用。但自六二年转正工资有四十二元后就很少翻信封了。

六二年暑假，我们经历精简下放。当时城区三所中学教师集中到隆昌师范学习，一个教研组在一间教室。十几个人，坐学生的单板凳，彼此相隔很开都靠着墙，你望着我我望着你，心事重重，大家静悄悄不说话。所谓下放就是有一部分在城区工作的老师将会调到乡区中学或小学去教书，单身老师还好说，拖家带口的将面临许多麻烦。大家坐着干什么呢？就等学校领导叫谁出去个别谈话，被叫的人十之八九就被下放了，而且也明确下放到哪里（很像现在公司辞退员工）。我和明熙分别留在学校。总之最后的结果是我们数学组十三人下放了六人。放假那天学校说聚餐，但老师们说吃散伙饭。不过菜的样数是一年来最多的一次，关键有久违的回锅肉，当然也绝不够大家随便吃，依然分餐。八个人第一次一人分一块肉，第二次一人一块，如果还有再一人一块，最后我的那个半高的搪瓷盅分了各种菜也没装满。因为有肉，我一块没舍得吃，我要把这点菜拿回泸州给家里人吃。又怕天热菜放坏了，就赶紧吃完饭买票回泸州了。当天下午我没等事前约好来隆昌的明熙，他来时我已离开隆昌，问题是当他准备再追到泸州时，身上没有足够买车票的钱了，他在车站徘徊很久终于碰到一位富顺二中老师，这才借钱买票到泸州找到我。我们那时的困难可想而知了。

六二年冬天我们在电影院听传达报告，周总理说困难到此结束。好多人激动得流泪。当时和以后很多人把那三年叫灾荒年，很多人叫困难时期。但我个人认为即使是灾，也绝不是天灾，因为同样的自然条件，六三年至六六年人们生活条件得到改善，小孩可以吃奶粉和白糖，明熙给我买了尼龙袜，我再也不用补穿破的袜子，我们俩都有条件给上中学或上大学的妹妹寄伙食费。

但六六年开始的"文革"在短短的一两年内让生活水平又急剧下降，比如六八年我几个月大的大儿子就靠我的妈妈在泸州托人买炼乳吃。我们在富顺买不到白糖，去排队买硬糖，而且一人限买一毛钱，把硬糖化水给孩子煮米糊吃。在一个小商店看见卖红烧肉罐头，挤得没法卖，明熙去维持秩序把队伍排好，我抱着大儿子也去排队，结果明熙受到售货员的奖励让他多买一个，初显了他当领导的才能。经过六八年的"武斗"我们回到隆昌，更是一贫如洗。六九年秋天，一毛三分钱一斤的胡萝卜（当时是很贵的菜）买几根放在抽屉里，一天给儿子一根，蒸很软的饭再用筷子头蘸一点猪油和着吃，根本买不到肉。我在隆昌二中又回到每餐买二两饭，吃老莲花白叶子菜的日子。由于去食堂打饭时老说买二两，我刚两岁的大儿子对"两"这个字似乎深深刻入脑海，晚上当我抱着他看天空的星星，我说星星"好多啊"，他立刻回答"二两"，一次他被别的小孩抓伤了脸，我心疼说"伤得好凶啊"，他接着说"两凶"。在他心目中"两"是足够大的数。这样的玩笑成了我们家笑话的经典。

当然人在什么样的日子就过什么样的生活，这就是现在常说的幸福感。比如我们在七七年的春节推着自行车去买了过年供应的五斤盐肉、一捆葱、一捆菜头，还有一些鸡蛋，于是觉得那个年的东西丰富得不得了。

七八年后是一年比一年好，如今是年年儿子开着汽车去买年货。但我和明熙过过穷日子，常常有点怀旧。今年过年时谈到六二年明熙的母亲让他从富顺芝溪乡下，走路给一百多里路远在泸州的我家捎来一只鹅，我们感叹明熙母亲在农村的不容易，为儿子宁可自己挨饿受穷。我们的孙儿听了天真地说"奶奶，爷爷是不是用一只鹅就把你搞定了？"全家人哈哈大笑。看来经典笑话被更新了。

明熙附记：

孙儿一句"用一只鹅搞定"的玩笑话，勾起了我一种情绪，我总想哭。我想我的母亲，想到母亲的伟大，想到母爱的伟大！母爱的无私！

一九六一年我大专毕业，将去工作。回家告诉我的母亲，我和一位美丽的姑娘恋爱了，她出自书香门第。母亲那种喜悦没法形容，她相信儿子，认定她的儿子娶了这位姑娘就会得到终身的幸福。就想要送礼物给女家，送什么？家徒四壁。在那个食物即生命的年代，最好的礼物是食物，于是决然做出送鹅的决定。现代人（如我的孙子）不知道当年鹅的分量，我想不亚于现在送一套房，总之没法比。要知道那时，一年半载，也难有一丁点肉类进嘴，鹅肉该有多么诱人，多么珍贵！而且为了这只鹅，不知费了她多少心血！一切缘于母爱！

现在我还感到非常内疚的是，我拿走这只鹅，就是把快要进嘴的鹅肉，从我弟弟妹妹嘴边拿走了。况且为养这只鹅，他们付出了很多辛劳！

度过生病的岁月

一九七一年三月，我的小儿子石头出生了。全家人都沉浸在喜悦中。

富顺二中有老师逗我的大儿子桥桥，说你的弟弟是你妈妈捡回来的，只有三岁半的他回家问我是捡的吗，我也顺口答是捡的。可是两天后他对我说我知道不是捡的，是从你肚子里出来的，为什么呢？我在这本书上看见的。

他说的书叫《农村医士手册》，自有大儿子后就买了它。上面有产科的章节并附了不少图，这本书常放在我的枕边，我不知道三岁半的他在这本书中找到答案。

我很依靠这本书，怎么喂养孩子，什么时候注射疫苗，伤风感冒小病是什么症状，吃什么药，我经常翻看，这本书很厚，精装。

不过我在七九年生的病却没在书中找到。

病根是七一年落下的。当年富顺二中不仅挖了许多防空洞，备战备荒为人民，还大修鹅卵石墙，用鹅卵石、石块、石灰加泥土垒成围墙，全校师生，一个班修一段，很壮观地围着校区，修富顺二中的长城。我大着肚子时也在防空洞爬上爬下指挥学生劳动。四月一日那天，天特别热，明熙去劳动了，这是我生完孩子的第七天，午觉醒来发现自己发烧了，一量温度上了 39℃，而且左乳房痛，开始红肿。立刻找人把明熙叫回来，请来语文教师黄裴然（他算是有知名度的语文教师加有知名度的民间中医）和校医华医生，一致诊断为乳腺炎。自此开始吃药打针，左边的奶汁就是流不出来。又过七天在县人民医院被一位从乡下来的实习医生开刀，接着断奶。一个当母亲的看着自己那么小的儿子不能被自己的乳汁喂养，心情的难过是常人不能理解的。

但那一刀并没有让病情好转，紧接着是持续几天高烧，左乳房第二个肿块形成。有一晚上黄老师和华医生在我们家里坐到半夜十二点，小声讨论怎么办。第二天学校有许多老师来看我，其中还有一些男老师。是不是我的病很重，明熙给保保和妈妈分别写信，未寄出先给我看，字里行间显出悲伤，我要他重写，否则会吓坏老人。我自己很清醒，但还是从那本《农村医士手册》上对照产妇高烧可能的严重的病，比如败血症，也想到死，看见瘦弱的明熙没有我一定十分可怜。他课后带着大儿子在富顺二中的山坡上采蒲公英给我入药。几天后我保保从泸州赶来，当时爸爸患脑血栓，妈妈来不了。我烧退却后去县人民医院开了第二刀。选择大夫的意识就从这时开始的，明熙让他在县人民医院传染科当医生的同学王光辉联系外科的尹大夫为我开刀，据分析第一刀的手术有问题，伤口过深过大。

以后病情逐渐好转，但又起了第三个包块，那时已满月，我去县中医院请曹大夫治疗，用中药外敷并给服用十全大补汤的药，直至产假满后包块慢慢散去。但坐月子期间服了太多的清凉药，鸡汤等滋补品根本不再吃，于是虚弱多病由此而生。

没有母乳喂养的小儿子很可怜，那个年代在富顺买不到奶粉，更没有鲜牛奶，又是靠妈妈在泸州买炼乳，买营养米粉混和着喂，但每次都得现煮，晚上蜂窝煤关火，明熙自己做酒精炉，每天最困难的一次是半夜两点。年轻的我们那时睡得正香，天天都说提前为儿子煮好，但总是拖到快两点，煮好把小锅放在装有凉水的盆子中争取凉得快一点，一边用扇子扇（那时没有电扇）。小儿子很准时地醒来，他不会先小声哭，第一声就大哭，没有玻璃窗的女生院，被惊醒的老师知道他饿了。手忙脚乱的我们喂饱他，他边睡边拉屎，差不多三点，我们睡下。早上六点过我们必须起床，孩子又要饿了，我们该准备上班了。暑假中学生放假，教师继续学习、开会、闹革命，每天八点开始天天读，我一坐下就打瞌睡，特别没精神，这个时候只好背毛泽东诗词，或者默唱诗词谱写的歌曲，以打发时间。那时每个组的积极分子经常集中开会，我自然没资格，剩下我和当时的牛鬼蛇神熊光远老师和王锡勋主任坐在一起。记得也是牛鬼蛇神的赵康镇老师在全校教师会上做检查时，被批说不深刻，于是赵老师诚恳解释他头天晚上根本没睡觉，一直反省自己。很多老师用疑惑的眼光看着他，怎么可能没睡觉呢，他赶紧补充："真的没睡着，狗才睡着了。"全体愣了。然后哗然。我们都睡着了呀，很多人大笑。其实我最缺乏睡眠，刚生过大病，我也被骂了，但赵老师究竟有什么问题呢，他怎样才能检查过关呢，谁也说不清楚。

记得一九七五年全校教师带学生下乡劳动，我和另外三位教师却被派去调查富顺二中毕业生回乡知青的工作情况。三位教师中有比我年长二十几岁的资深的杨汝纶老师和周发清老师，分派我和他们一起工作显然是对我的照顾，学校领导不让年轻多病的我去劳动。还有一位也是比我年长但却身强力壮的体育教师李先庸，据他说学校派他来是怕我们三位中谁生病了，好有人跑路报信什么的。这次我们坐了公交车，走了一些路，住乡镇的小旅馆，走访了瓦市、仙市、牛佛、何市的一些公社，见了不少乡干部。在瓦市见一乡干部大骂找他们办事的农民，我们大惑不解，那位乡干部说对他们（指农民）就是＂日卷＂（富顺土话，指大骂）。当然一路上我一点不累，了解的情况做点记录，也没任务，形成文字的是杨汝纶老师，我觉得很好玩。我们从何市上了山多寨，参观四十年代自贡盐商雕龙画凤的住宅，下山爬上一辆货车，在弯曲的道路上颠簸一路，像要被倒出来。傍晚到了自贡市，兴奋的我们想方设法买票看电影《海霞》。"文革"七年了，没看过那么好看的电影，没听过那么好的电影插曲，一行几天我没生病，很愉快。

由于一直营养不良，走路腿也发软，有时半夜醒来头晕，依稀看见墙在转。每周去县中医院看病服中药，同时血小板减少，腿上经常出现紫癜。七六年秋，中医院大夫刘文璋为我把脉后说"你脉象不好，不满四十岁要得大病"。她是富顺名医之一，我觉得她当时说这话更像一个算命先生。

七七年春节去成都四妹家，她带我到川医做了不少检查，没查出什么，大夫只是说必须让你姐姐吃好一点，在那里住了十多天，妹夫换着花样做好吃的，似乎好了些。

七七年秋，那是我们教师被感动的岁月。由于招生考试制度的恢复，十一年了，很多学生重新走进课堂如饥似渴地学习。当时我正教高七八级数学。我经常在黑板上画线分成三块，有一块可能是初中学的内容，中间一块是衔接高中内容的，最后一块则是提高的内容。一会儿讲这块，一会儿讲那块。后来学校决定分快慢班，我被安排教理科快班与文科快班。两个班都有七十多人，坐得满满的。有时窗外还有拿着笔记本站着听课的，或蹲着写算的。多年后曾有我不认识的人告诉我在教室外听过我的课。但是还有更多不能进教室的学生，他们来自乡区，或其他县市，有远在新疆、贵州等地投亲靠友来的，我们数学组一些其他年级的教师自动开设专题讲座。当时明熙任教研组长，他首先做了不少讲座。这样的课由会议室发展到共和公社礼堂，到操场。架上黑板，下面黑压压坐着上百人，面对安静听课的学生们专注的眼神，充满激情上课的老师恨不得把所有知识倾倒出来。没有扩音设备，很多老师声音都嘶哑了。

想想叫人如何不感动？

送走高七八级我也累病住院，打着点滴。曾祥林和胡益彰二位校长到医院看我了，可是来后说的是希望我教高七九级。他们说看我生病不好说出口，但想来想去认为我是合适人选。又是快班，当班主任。

送走高七九级，刚放暑假，看电影《屈原》。香港片，打斗的音响效果是过去没见过的，加上座位太靠前，看了一会儿头就晕，心慌，赶紧退场。被外面阳光一照，看见所有房子都在转动，被扶到朋友家躺在椅子上越来越难受。明熙用自行车推着我去医院，上楼梯基本上是两人把我提上去的。

住院打了几天点滴，最后一天快输完时发现液体渗出在皮下，手背肿了；护士来看后说用普鲁卡因局部封闭，刚打进药，我便晕了过去。那个印象太深了，我轻飘飘飞过房顶，白云也飘浮在我下面。在蓝天上，四周十分明亮，飞机似乎也在我下面飞，有嗡嗡的机器轰鸣声，很舒服的感觉。当我睁开眼时，看见病床边围了一圈的大夫和护士，他们长出一口气，推药的护士被吓得汗珠一粒粒滴。这时大夫要我喝点糖水，问有没有不舒服。当时他们说我脸色很难看，我坐起来没有哪里难受，相反给他们讲关于蓝天白云的感受。大夫说我刚才对药物过敏，十分危险的，醒不过来就完了。八十年代我在一本科普杂志上看见一篇文章，说人死有三个过程，第一个过程就是失去知觉后上天了，第二是进入隧道，我想我是上过天的人了，很奇妙。

不过七九年的十二月中旬后，一直到八一年的两年间，我多次犯病，头晕、心慌、心速快，脸色会突然惨白，人似乎瞬间会倒下去，但又是十分清醒的。我会在平静地吃饭时、在富顺二中俱乐部看电视时（那时家里没电视）、在全体教师的大会上听领导讲话时、在街上买东西时，等等，突然发病。不能看阴云中突然阳光明亮，也不能接受阳光突然被云层遮住；突如其来的强烈声音也让我不适。当时在课堂上我的右手扶着黑板，左手靠着讲桌，自己感觉经常摇摇晃晃，心里常想一个词就是"心不主神"。我甚至不敢一人独自进城在街上走，更不敢一人坐长途汽车回泸州。当时有老师告诉我说我的背有点驼，要我把腰直起来，可是我就觉得自己没有力气。我那时十分羡慕在教务处和总务处工作的人，因为他们可以不用面对几十个学生大声说话。总之感觉很累，心特别累，很想休息。

我看我那本《农村医士手册》，翻来翻去不能对号入座。看看周围的人没谁生我这样的病，当时去看了几位富顺的中西医名医，丁常能大夫叫我停止服用任何中草药，只补充维生素。刘有旺大夫说我患的是心血管神经官能症。这是不是就是刘大夫说的不满四十得的大病呢？很吓人。因为七十年代初期分来一位四川大学俄语系的毕业生，姓肖，也住女生院，她来后知道得的病是胃肠神经官能症，基本上没有上课，几年间见她反复发病又没什么药医，瘦得皮包骨头，七六年初冬衰竭而去世。富顺二中的杨汝纶老师介绍我去找中医院的张量才大夫，他看后说真没有药可吃，他形象地说你的大脑患了"官僚主义"症，它指挥不动它管的器官，要我加强运动。正好学校请富顺三中退休体育教师来我校教老教师打二十四式太极拳，不满四十岁的人只有我一人学。我曾想教书能教到四十五岁，活到六十就不错了。

幸好那两年教高八一级，班额大大减少，学生的水平逐渐整齐，有了统一的新教材，工作轻松多了，八一年秋我要求教初中八三级，但还是经常去医院看病。

那些年富顺人民一直喝沱江水。坐成渝线的火车可以看到沱江自资中、内江流下，河水上泛着白沫，许多任务厂排污水直入河水中。在下游的富顺一到端午节前后，雨多了，河涨水了，初夏开始我便经常闹肚子，好不容易养了一个冬天稍增长的体重，来年这个季节又减下来。一出病又得打点滴。八二年夏天的中午，医院的病房十分安静，我一人躺在病床上输液，中午一点左右跑进来初八三我的学生李兵，小小的个子，满头大汗，带着一脸的惊恐问了我一句："老师，你会不会死？"我一下笑了，我说不会。他也笑了，把用小作业本纸包的几颗硬糖放在我的床头柜上，跑了。我拿起污污的纸包的黏糊糊的糖，眼泪在眼眶中打转，这是第二次有学生怕我死，我想我真的应该努力让自己的身体好起来。

我依然经常看那本《农村医士手册》，自己懂得治疗一些小病、常见病，听大夫的不再服清热凉血的中药，不要去刺激我不经事的脑神经，补充维生素及微量元素。

但更重要的是不要把病放在心上，和过去一样全身心去工作。

八一年秋到八三年的两年，教初八三级三班是我十分愉快的两年，我当班主任，好像回到二十来岁在隆昌二中教初六六级。深入了解学生以及他们成长的环境，提出不同要求和给与不同程度的帮助，使他们在原有基础上尽最大可能快速成长。而好的优秀的班集体是造就人才的最好条件，这是我当班主任所努力的。我没有用题海去追求升学率，我希望他们热爱学习。只是全年级有两名学生在公安局挂了号，沾染了一些恶习的孩子也在我这个班，挽救他们，教育所有孩子分清是非也成为我工作中非常重的任务。应该说我想了不少办法，身体力行，动之以情，晓之以理，使这个班大多数孩子以后都很优秀，而那两个孩子在校期间基本遵守校规，平安毕业。

和初六六级学生不一样，八三年毕业的孩子赶上好时代，我这个班的学生大多读了高中考上大学。而全身心地工作，分散了我对病的关注。我没因这个神经官能症缺过一节课。我也比那个比我年轻的肖老师幸运，享受了学生成长和儿子成长的快乐，每天匆匆忙忙，过得十分充实。也没有不断去医院抓中药。逐渐病开始远离我，不知不觉中犯病次数减少。八三年三八节我和女教师去了自贡公园游玩，这是自七九年冬首次犯病后第一次出远门。

八六年后我不再是病人，以后我承担过很重的教学工作，参与许多社会工作，四十五岁悄悄过去。六十岁我以更大热情在北京教书。当然这么多年我也十分懂得如何保护自己。关键要有好心态，良好的心态可以抗拒困难。不怨天尤人，做同一件事高兴地去做与不高兴地去做感受完全是不一样的。九八年后带小孙子更让我身心愉悦，看着他学会坐，学会站，学会走，牙牙学语，上幼儿园，上小学，陪他学弹钢琴，陪他去中央音乐学院一次次考级，陪他去参加一次次围棋考段，上中学后和他一块儿研究数学难题，总之有太多充满活力的事让我思考，让我操作。这些年我跟着他学琴，也学会识五线谱，自学弹一些简单的曲子，参加社区合唱团能为练唱简单伴奏，我的生活也因此丰富多彩。

人生是十分美好的，工作不仅创造物质财富，更创造了精神财富，并能不断挖掘潜力。我因健康而能工作，也因工作使自己健康。如今进入老年还能为儿孙做一些力所能及的事，是幸福的。

我将乐此不疲。

我在北京当老师

二〇〇一年重阳节我和明熙在北京街上快速步行，因为
附近没有地方可以登山。走了几站地，到了一所中学门
外，心里一下感到亲切，那种想教书的欲望油然而生。
本来这年到北京后有朋友说过北京有的中学要聘用退休
教师，但一直不知道该如何去寻找，才能敲开这道门。
于是我便去门卫处询问，门卫说他们这所中学是公办，
不聘用人，但告诉我前面不远处有一所学校是要聘用退
休人员的，经门卫指点，道谢之后赶紧去。到了那里，
又是门卫打电话给校长，我们便进了大楼，见到了那位
端庄、时尚、漂亮的女校长，她一口好听的普通话，简
单问了我的情况，就和我们讨论起当前的教育状况，大
约四十分钟后离开时说因为今年秋季新学年已开学，教
师已配齐，要我等电话，明年才有可能。就这么简单，
不用托人找关系，像如今的年轻人一样自己去应聘，那
年我六十岁，本命年。

二〇〇二年四月我果然接到学校的电话，说他们的小学

部办了一个奥数班，三、四年级合班二十多人没老师上课，希望我去救急。实际上自恢复高考以来到退休，十八年间有十六年我都在教高中，小学生怎么教我确实没有底。但我想试试，我拿回教材，知道每周六上午上两小时课，报酬是八十元。说实话我备课比在富顺二中教高三花的时间多，我上了一节课后决定自选章节，尽量贴近教材，不要让孩子们感觉奥数高深莫测，重点讲了和差问题、和倍问题、差倍问题，然后还有时间讲了一点孩子容易感兴趣的如鸡兔同笼问题。到七月小学放假时，一共上过十次课。奥数班负责人说前面换过很多教师，有的上了一次就不愿意上了，只有我坚持下来，而且学生人数增而不减，似乎对我很认可。学生十分可爱，这是我有信心上课的重要原因。

人们常说活到老，学到老，生活就在不断体验，你不去做可能永远不知道。我答应上这个课，我的本意是想努力教好这些孩子，我认真备课，认真上课，但我看得出，只有少数孩子明白，这周六上的课，下周六来时很多孩子又不知道了，需要很好的衔接，很费神，大多数学生要学好会大大加重负担。而且最大的问题是强行超前灌输许多数学知识，学习方式是被动的，把以后十分简单的问题提前用复杂的思维方式去思考。而且这样的命题思路还指导了小升初、初升高，有时真感觉是在玩数学游戏，十次上课让我对奥数在学生中广泛推广并以此作为小升初的重要条件持彻底否定态度。

七月我得到学校正式通知，〇二年秋季任该校的初一年级两个班数学教师。也就是说我正式被聘用。七月下旬全校教师开会学习三天，发了不少文件，大会报告，小组讨论，很像开人代会，因为我当过人大代表。学习中听到很多教学理念，让我耳目一新。不过有一件事很可笑，我一直不敢问我的工资，哪里像现在的"非你莫属"，张绍刚大声说谈钱不伤感情。学习快结束时有经验的人告诉我有多少工资时，大大出乎我的意料，我在北京还成了纳税人。

学校领导是公派的，教师由公派老师、大学毕业生、退休教师组成，我属于第三种人，下聘书。

从四川沱江边的富顺小县城来到伟大首都北京，已经扩大了视野，现在又要在北京的中学教书，加上暑期中学习到的新东西，心里感到兴奋、向往、神奇。我教的两个班班主任都是年轻的女教师，待人和蔼，对学生也非常热爱。除极个别学生，基本上全住宿，算是全封闭的学校，学生特别有礼貌，见面都问老师好，四川人说普通话口音重，孩子们太纯洁可爱了，从没有在课堂上为难过我。我说我教你们数学，你们教我说普通话。冬天下雪，我最怕摔跤，一出大楼都有学生扶着我，有一次感冒咳嗽，好几个学生给我不同的润喉糖。只要我在学校，一日三餐后我的办公桌边都有很多学生围着我，让我给批改作业或问这问那，十分愉快。

老师们的教学观念与教法可能不同，但努力工作是一致的，有的教师乘校车到校，早上五点过就得起床；由于现在资料多，作业的批改量很大，办公室经常静悄悄地，上厕所也快去快回。有的老师午饭后把学生全叫到多功能教室上课；我不认可这种做法，但我也经常在午饭后个别辅导学生写作业，没有午休，待学生上课了我再稍事休息。学校没有要求坐班。

晚自习各科教师轮流值班，每次晚自习后儿子或儿媳开车接我回去，小孙子和他爷爷也一块儿坐在车上，队伍真是浩浩荡荡，工作一天，十分享受家庭的温暖。

学校的活动也丰富多彩，多次组织学生外出，去卢沟桥、慕田峪长城、怀柔红螺寺。最让我高兴的是在中山音乐堂近距离听到艺术家孙道临、乔榛、丁建华等人的朗诵，在学生的各班合唱比赛时，看见很多班都是该班学生钢琴伴奏，这是富顺二中不能比的。而且全体教师合唱的《共和国之恋》真是非常精彩，男女声领唱都用美声，而唱男声的是教导主任，年龄也过六十。全校学生运动会，老师是全体总动员，我也当了跳远裁判。

学校经常组织教师学习，交流经验，请专家讲座，报告最新国内外教育动态。年轻教师都定期要求上公开课，会用电脑制课件。只要时间允许，我争取去听课。和我同组的一位年轻女教师，毕业于北师大，她讲的一节平面几何真让我佩服。对于退休教师学校没有这些要求，真是感到自己很落伍。

尽管新鲜东西实在太多，而自己的观念和教法也未必陈旧，有时痛苦由此产生。

首先自习课的上法与我过去的做法完全不一样。我喜欢在自习课时去教室走走坐坐，不管自己是否当班主任。一个主要目的是让有问题的学生尽可以问我，然后做完作业的我可以立即批改，有兴趣的我可以个别加大难度出题，做错的可以立即改错。我如果当班主任，我会欢迎各科老师在自习课辅导，但不要讲课，谁也别占学生自习时间，我不会在学生的自习课上讲课，哪怕那天这节自习该我辅导，我也从来不反对学生做其他学科作业。对于不会安排时间的孩子我会指导他怎么复习，依次完成各科作业，再进而指导预习，有能力的看一些参考资料。几十年的教学经验告诉我成绩好的学生不仅会很好地在课内吸取知识，他一定有很强的自学能力，而这种能力是需要培养的，我觉得自习课是接近学生，发现问题并解决问题，培养他们爱学习和会学习的习惯的好机会。

可是在北京的这所学校，年轻的年级组长要干预我的自习课。晚自习她在巡视时会走进教室大声呵斥在我身边问问题的学生："回到座位上去！"说实话缺乏起码的对人的尊重。由于初中一年级相当一部分孩子不会上自习，有的说话不见得都是谈学习，这需要引导和培养，而这位年级组长见状还会大声呵斥："不准说话！"没法沟通，我问原来的教师，一直这样。允许老师在晚自习讲课，允许测验，就是不允许学生走动和说话。可是学生完不成的作业怎么办，老师不能个别辅和导，因为一辅导教室里的学生肯定动起来，肯定要小声说话。为此事很痛苦，我只好选择测验，我对他们的个别辅导改在午餐后或下午课后。

还有更为苦恼的事，我过去教学进度习惯比要求的稍快一点，讲新课时不要往深讲，先把知识面铺开，然后在小单元小复习小综合，大单元全面复习大综合。滚动加深和提高，好处是巩固已学知识，培养综合能力，特别对没有听懂的学生有多次学习机会。可是北京这所学校全年级十个班，有三个实验班，而我教两个普通班，普通班怎么可以讲快呢？教学进度受到年级制约，必须年级统一。感觉自己优势不能发挥，地域差异，缺乏认同感。

此外为了月考，期中期末考试，特别又赶上是区统一命题，教研室规定考试范围，如有一次考题要求解分式方程一定是出现增根的，应用题只考行程问题，等等，有点可笑。要是全区学校考分排名，更是新课停上，一套又一套进行模拟训练，考去年区里的同期考题，各学校间交流的考题，本校同年级各位老师命题，练得我都倒胃口。我自己觉得考试也得让学生有新鲜感，跃跃欲试，有想上赛场的感觉，这样重复练习相同类型题目，我都没了兴趣。能力的提高怎么能靠练同样模式的题来解决呢？今后还有什么应变能力？

为什么要排名的考试把大家搞得这么紧张，也有社会的原因。我在这所学校教这个年级两年中，各次家长会都参加了，校长或主任讲话家长们都听得心慌慌的，他们围着班主任，轮流找各科教师，他们要的是自己孩子的考分，有高兴的，有生气的，甚至有伤心哭的，还有被老师骂的："补课，请家教！"我见状很困惑。家长把孩子送到学校，学校有责任教育和培养他们，但人与人是不一样的，这个简单的问题谁都明白。比如我教的两个班中一个因成绩优异被转到实验班，一个获高额奖学金（全年级只两人获此殊荣），但一到分数面前大家都糊涂了，那么急功近利，不考虑孩子的身心，学校需要成绩提高声誉，家长望子成龙，可怜的孩子们被捆绑。

当然孩子们也等不得，谁也没有第二个十三岁、十四岁，初中生中肯定极少十八岁的青年，但大学校园，特别是西方国家的大学校园，一直读到三十几岁并不少见，一个人在学习中成长，在成长中学习。但我们国家的人们在各个年龄段都在着急，社会有点病态。

病态下的人们做事容易出格。我见过因为在课堂上讲话，下午放学被年轻班主任叫到办公室面壁，不准吃晚餐，我以为这种落后的教育方式只有在落后地区发生，决没想到在有先进的教育观念、要以人为本的首都的市区学校也出现，而且班主任刚大学毕业。看来人的培养的道路多么漫长，哪里是着急提高分数能实现的。真是任重而道远啊！

不过当时我去教书的这所学校，领导们都太坦诚，十年后我的孙子也在北京上了一所所谓重点中学，家长会听校长、主任、班主任各学科教研组长轮番讲话，根本没见过任课教师，讲到天黑，北京那么大，赶紧开着车走。这可真是好办法，学校教学真的不该受那些考试干扰，让家长纠缠于分数，但孩子们的成长却真该好好研究，每个孩子的心理绝不是说同样的话能解决问题的。

第三学年开始，学校办了国际班，我被安排去教国际部的韩国学生，高中一年级六人，高中三年级四人。他们基本能听懂汉语，学习水平差异就太大了，高一学生中一个男孩拿着人教版的题都能顺利完成，有的却连初中内容都没有系统学过。幸好人少，又有的是时间，集体教了，大多数时间个别教。不过总的感觉他们过得轻松，没有中国学生压力大，都受东方文化影响，他们待人接物却没那么拘谨，有学生上课饿了拿出从家里带的盒饭打开就吃，请同学吃不奇怪，还拈着泡菜请我吃。我问他们是不是韩国学校很随便，他们却说韩国学校有老师打人。有个女孩在家里遇到不愉快的事，走到我面前说抱抱我，我当然像奶奶那样抱抱她。中国学生可能不会这样。

二〇〇五年元月，我因儿子新买房举家搬迁到离学校很远的地方，不得已向学校辞职。

我从应聘到辞职，工作近三年，全新体验，从小学的孩子、初中的孩子教到高中的孩子，中国的、韩国的，教师中有北京人，河北、河南、湖北、山西、东北、四川等省的人。十分感谢北京的这所学校，让我在退休后又走上讲台，延长了教学生命，很难得的机会，很多感悟，觉得教师这个职业很高尚。

老师这个称呼是永恒的。

追忆外婆 _

爸爸告诉我，说我外婆绝顶聪明。他说外婆不识字，但特别会用毛笔画花鸟。外婆画的花鸟我真看过，很大一卷，是那种水粉纸，一张张，画的各种花呀，鸟呀，还有许多图案，外婆告诉我这些画是花样，比如绣枕头、帐沿、被面、鞋面等，就在这些花样中选择图样照着绣，所以称这些画是花样。据说很多人要绣花，要在外婆这里借花样。

爸爸说外婆聪明，还有一个原因是他快和妈妈结婚时得了肝炎，全家人都着急，爸爸说那时要找个好大夫不容易，主要靠在泸州城里的外婆为在成都的他隔山开药，治好他的病的。当然这说来有点神奇了。

但妈妈和保保说外婆聪明的地方是往大的方面说了。

外公的第一任妻子给他生了一个儿子（我叫大舅舅）后去世，娶的第二任妻子就是我外婆，外婆自己生了三个女儿一个儿子（我叫三舅舅），大女儿就是我保保，二女儿是我妈妈。外公家本是大户人家，统帅家的是外公的哥哥们，因为他排行老幺。外公对子女教育严厉，大舅舅十五岁就跟着挑夫挑盐去合江卖，夏天天热，半夜就得动身，三舅舅小时胸前挂一个竹子编的圆篮子，里面放着一根根纸烟和叶子烟去镇上卖，保保小时候得帮着外婆糊火柴盒，还要带最小的妹妹。当这个妹妹（我的幺姨妈）不到两岁时外公去世，带着五个儿女的外婆被当家的兄长分家，当然也分到一些财产。从大户家分出，幸好先前大家有劳作的经历，特别是大舅舅有经商的头脑，后开过当铺、中药铺等，挣钱置地，积累财富，于是外婆让保保、妈妈、三舅舅上学读书。从泸县的毗卢场读到泸州再到成都，在上个世纪三十年代末保保和妈妈先后毕业于四川大学教育系，三舅舅毕业于上海的中南医学院。

保保说外婆聪明过人就在于此。

首先在上个世纪二十年代，一个远离城市、居住乡下的女人，拖着五个儿女，没有丈夫，拼命劳作，如何重振家业？

其次是有了家底后，为什么有意识培养两个女儿和一个儿子上大学？就中国的传统理念，让儿子读书，女儿能嫁好人家就算父母尽到责任了，而外婆却让两个女儿读书，而且读完大学。现在想起来都觉得有点不可思议。外婆头脑从哪里获得的信息呢？我曾见过妈妈的堂姐堂兄，照理二十年代分家时他们更有家底，但他们都没有外出读书。

从地图上看泸县毗卢场既不靠长江也不靠沱江，更远离成都重庆，靠得近的是泸州，小脚的外婆只能从乡间小道坐滑竿去；从泸州去成都当年没有公路更没有成渝铁路，听妈妈说她们坐过轮船，而且在河中接过漂，那应该是在长江，从泸州逆流而上去宜宾，再到乐山。我从小知道蜀道难，难于上青天，就算家里有钱，一个妇道人家有勇气让两个女儿上成都求学，外婆真有胆识。

我保保是一九〇七年生的人，已近清代末年，听保保说小时也缠过脚，但很快就放脚，而我的妈妈就根本没缠脚，外婆不是新的女性，为什么又敢于解放自己的女儿呢？当时还没有"五四"运动，即便她自己吃过缠成一双小脚的苦，也不是一下子能彻底改变意识的。

读了书的保保、妈妈、三舅舅，均自由恋爱而结婚。我从一些文章中了解不少名人在外读书后还返乡接受父母定的婚约。而外婆没给儿女婚姻枷锁。保保与丈夫（我叫他刘姨爹）恋爱十年，三十多岁才结婚。刘姨爹是泸州人，四川大学外语系毕业，思想激进，我爸爸的老友告诉我，说刘姨爹因在川大的过激言语"差点开川大从未开除学生的历史先河"。四十年代保保任泸县女中校长时，刘姨爹任泸县男中校长。很多人说我保保对泸州的教育发展，特别是女子教育做过重要贡献。我的爸爸是四川大学历史系毕业的，与同校教育系的妈妈自由恋爱结婚，他们是幸福的一对。我的三舅舅和三舅妈都学西医，从上海学成回川，先后在重庆、泸州办医院，是四十年代泸州有名的西医大夫，解放初期出任过泸州市卫生院院长，在泸州市医卫界也是有贡献的。

外婆不仅聪明有智慧，而且十分善良。她嫁给外公时大舅舅才两岁多，她作为后妈在十多年间自己生育了四个儿女，同时把大舅舅当亲生儿子养大，让小小的三舅舅一样干活和学做生意。大舅舅的女儿告诉我说她父亲与外婆很亲，什么事都和外婆商量。实际上家业扩大，大舅舅起了重要作用，供同父异母的弟弟妹妹读那么多书，大舅充分尊重外婆的意愿并在经济上给予最大支持。我的幺姨妈为什么没读书呢？是因为自幼患严重眼疾到快失明的程度，七次到成都华西治疗，仅能生活自理。

我作为长外孙女一直和外婆生活在一起，在她庇护下长大，受外婆的特别宠爱。四十年代保保的泸县女中在泸县长江边的弥沱场镇子上，四六年后迁到泸州市互窑坝。解放前一家人从乡下进城只有几年时间，回忆起来那几年生活条件好，我穿过皮鞋，但外婆夏天要我穿草鞋，并教我如何穿才不打脚，她说："你不打它，它就要打你。"草鞋的鞋后跟硬硬的，打软后穿才不亏脚。我们住横街子时，对门几家人都帮火柴厂糊火柴盒挣钱过活，我在放学后经常去帮他们糊火柴盒，外婆从来不反对我去，还说保保小时候就糊过。三舅舅来看她时，她要三舅舅教我打算盘，好笑的是三舅舅教的是拨着珠子心算，根本不念口诀。当时我们吃饭的堂屋角落还放了一台织布机，用脚踩的，外婆也教我如何穿梭织裤腰带。她喜欢针线活，眼神不好后，我给穿针，并经常为她撕麻，搓麻绳。大舅舅的儿子来家里时，天天睡懒觉，外婆总是早早叫我起床，坐在堂屋门口大声朗读以激励表哥，我乖巧听话，表哥只比我大两三岁，他一点不理会，照样不起床。我喜欢吃芝麻酱，但外婆要我自己去买，从横街子走到三星街才能买到。

四九年的冬天我八岁，跟着外婆坐滑竿回过毗卢场，在寨子上去躲土匪，回泸州城随被扫地出门的保保数次搬家。记得五〇年我出麻疹，高烧，流很多鼻血，外婆已无精力管我，那时我的妈妈还在德阳。五一年幺姨妈怀着孩子，大着肚子，一段时间每天从泸州澄溪口的福音堂走到公安校去坦白交待，主要是要她揭发"三反"中保保的问题。这条路从西往东要过四个街口再左转去钟鼓楼，最后爬上坡再横穿到公安校，幺姨妈眼睛不好不能在街上独立行走，外婆要我每天傍晚牵着幺姨去，她右手拿一根竹竿探路，我牵左手，至少一个钟头才能走到一幢有军人守着的楼门前，她进去了，我就在台阶上坐着等，要到近十点才出来。不到十岁的我经常睡着了，幺姨妈出来时解放军叔叔叫醒我。那时保保失去自由，幺姨爹已不在人世，外婆在家支撑着。

五二年的冬天，一天晚上在泸州二中山上的小平房里，外婆抱着幺姨妈几个月大的儿子，头勾下去就再没有抬起来。清晨天未亮我便去瓦窑坝给妈妈报信。失去外婆，全家人很冷静，不知为什么，我也没哭。记得把她葬在长庚宫山下半坡上时，我才觉得永远见不着她了，我突然失声大哭，但以后再也没哭过。

外婆是个什么样的人呢？我这样想像。一百零六年前她初为人母，九十多年前她和儿子们努力做生意、置地，有了钱后在八十多年前送女儿和儿子外出求学，自己过着担惊受怕牵肠挂肚的日子。儿女学成后在七十多年前办学，开医院，她一直跟随女儿工作的足迹不断改变生活环境，而六十多年前由于政治变革，更是彻底一无所有。人的一生似乎不可预测，又好像均在情理之中，她一生都在奋斗，在抗争，在追随新事物的出现。在过好日子时记着有穷困时，在穷困时不怨天尤人，她说过"一节田坎三节烂"。谁都可能遭遇挫折，所以她一直潜移默化影响后代要在逆境中坚强生存。

五十年代后期保保在落魄时，曾和我谈到外婆为什么要培养她读书呢？她说很羡慕和她一块儿做通草花的女工，她们没有文化，没有政治压力，一天到晚乐呵呵的，无需思考许多问题。但当我五九年高中毕业仅被泸专录取又改学师范时，她知道我内心有不愉快，却一再要我珍惜读书的机会。我觉得我们每个人在社会上生存，求上进其实不完全是为个人，更多的还有对社会进步的责任心。否则外婆当年有点钱时可以在泸州城享福，却偏偏跟着当泸县女中校长的保保乡下城里到处奔波，可是当瓦窑坝泸县女中的崭新校舍修起时，泸州乃至泸县合江更多女青年有好的条件上学，这难道不是造福于民吗？

所以外婆让儿女读书值了。

外婆真是很了不起。

与荷尔蒙无关

最近我重读小儿子写的《荷尔蒙》[①]，真的真的很有趣。

关于性别与性别歧视是一个根深蒂固的话题，不需要讲解，不需要讨论，一个人从儿时就受父母、家庭、环境的影响，知道性别，以及伴随产生的问题。我认为人之初时与荷尔蒙无关。

年轻时我生了两个儿子，一家四口只我是女性，我在家里的地位应该是明显的。可是发生的一些趣事均与性别有关。

当年我们教研组有一位刘老师（男），他经常逗一群小孩说："你们谁都不敢叫我爷爷，看谁敢？"没想这激将法真灵，孩子们大声叫他爷爷。有时他又说你们千万别叫我爷爷，叫了我不高兴了。结果可想而知。一些老师也不满意他这样闹

---

① 编者按：本书 A、B、C 三部分曾结集为《荷尔蒙》，在"豆瓣阅读"上发表。

着玩。可是有一天我的大儿子（当时也很小）又在当刘老师叫大家喊爷爷时，突然叫的是"妹妹"，这让刘老师很吃惊，很不满，可是这种闹法被这一声妹妹给叫停了。

在富顺二中的幼儿班班，我的小儿子快满三岁时，又来了比他小一岁的一个小男孩，在他后面追着叫妈妈。师母告诉我，说我小儿子很生气，他说："人家不是妈妈嘛，你要叫就叫爸爸。"那么小，为什么就知道叫妈妈不高兴呢？难道他已知道自己是男孩，长大应当是当爸爸。

不许和陌生人说话，实际是不许女人和陌生的男人说话。

当时幼儿班一个师母是黄姓，黄师母告诉我，我小儿子不许她和一个叫张老乡的人说话。张老乡是解放初期复员军人，北方人，说话操外省口音，一张宽大的脸，黝黑黝黑的，身材高大，经常赶着几只羊在田边地头走，有时就在幼儿班窗外站着和两个师母聊天。我小儿子坐在窗台上，如果张老乡和黄师母说话他就大哭。最先黄师母不明白，后来才发现张老乡走了他就不哭了。我估计小儿子特别喜欢他的老师黄师母。

这种情况也发生在家里，两个儿子的发小陈三的父亲是我们在富顺二中的同事，那年陈三的妈妈因患眼疾，陈老师来家里和我商量去成都川医看病的事。两岁多的小儿子突然把一双手平放在陈老师坐的凳子上，慢慢挪到陈老师屁股下，一双眼盯着陈老师，陈老师不解，边说话边换张凳子；小儿子又立即跑到他跟前，又照样把手平放在别人屁股下，大人的话没说完，陈老师坐第三个位子时，儿子又跟着跑，陈老师只好站着说"看来他不欢迎我"。他用这种方式还赶走过一个找我说话的赵老师，当然也是男的。

不过更可笑的是七三年春天，富顺二中开田径运动会，教化学的汪老师为发令枪装火药眼睛受伤，学校派明熙陪同到川医治病，为什么找他去呢，因为我四妹在那里工作。这一去半个月才回来，那天晚上小儿子坚决不准爸爸在床上睡觉，我告诉他是爸爸回来了，他也不听，用脚踢、用手揪爸爸的脸，嘴里边念滚开，我和明熙笑得直不起腰来。

这些事都发生在两三岁时，可能他心里妈妈只属于他。和女性说话，他从来没有阻挡过，当然也从来没有阻挡爸爸和女性说话，是不是很可笑。

富顺的夏天闷热，那时没有电扇，很多家庭的男人打赤膊，女人穿一件汗衫，而我从来都外面要穿短袖衬衣，着装整齐，这与我的个人爱好有关系。有一天特别热，我吃饭时也只穿汗衫，小儿子见状立刻端着饭碗站在门边去吃，他说我怕男的来。明熙又大笑说你比我还封建。

随着孩子长大一点，印象中四五岁后再也没有发生这样的事，那就说明开始懂事了，因此我认为当初那些事与荷尔蒙无关。

跋　人人家里都有史

杨早

将《天晓得》[①]与《荷尔蒙》放在一起合册出版，是一个英明的决定。

为啥子恁样说？如果只是《天晓得》，作者是石头妈妈，是我的长辈，我写这篇跋就比较缚手缚脚，又不敢推辞，又要表示尊敬，末尾还要署"晚辈杨早敬跋"，搞不好就是一篇石头爸爸最讨厌的官样文章。

有了石头的《荷尔蒙》作陪，我就可以多一点打胡乱说。事先声明，本序中的一切褒奖归石头妈妈王晓天老师，有里扯火的地方，都怪她的小儿子石头，读易洞洞主邱小石，把我带挈歪了。

石头自己说，他是一个四川话说的"讽讽"，用另一句四川话说，就是比较"扯"。这两个词咋个翻译成普通话

---

① 编者按：此处指本书"猫奶奶的回忆录"部分。

呢？二？不对。轴？也不对。只好借一句粤语，跟"无
厘头"差不多。

我没见过他写过一篇长的啥子东西，他的微博永远没有
标点符号，只用"/"区隔句子，搞得像版面没给够的现
代诗。他发朋友圈又不搞这一套，可见不是习惯，而是
搞怪。《业余书店》有一些稍长的千字文，但石头最擅长
的还是散打，比如《事B》，二十几件事凑成一篇文章。
更比如说《逗猫惹草》，完全是《论语》的写法。

你可以说这是因为石头的当行是广告，传播需要精炼，
需要有句无篇。我却认为这说法是倒果为因，石头不是
转行搞广告（他大学专业是食品工程）才锻炼出这种特
质，而是他有这个天赋——从生活中打捞出有趣的碎片，
记录下来，呈现出来，就是喜剧化的生活。

石头长相比较憨厚，而且他说话最常用的表情，是皱眉
凹脸地对着你，很认真地说一件他觉得很荒谬、很无聊
的事，最后总能将世事描绘成一场黑色喜剧。前几天我
与石头爸爸陪一个老乡去洞里，大家谈起北京该死的雾
霾，石头说他有一个治霾的设想——每天早晨起来，全
北京的人都往东边吹气，说不定能把霾给吹走。"为啥子
是东边？""因为西边有山，霾会过不去……"他突然变
得很沮丧，两条眉毛垮起："霾都吹到东边来了，我们这
儿的房价肯定就不行了……"

我们那个老乡是个小姑娘，正在北京大学读物理学硕士，头一次见这位大哥，不知道作何感想。她如果读过《荷尔蒙》，就会知道这是书里的典型风格。

随便举一例：

> 逗带猫去踢球。
> 教练问猫：你妈妈怎么没来啊？
> 猫抬手指着逗说：
> 他老婆的事情，我怎么知道？
> （逗是石头，猫是他儿子敢爷。）

再举一个夫妻间的：

> 逗坐火车从南昌回北京，七点半快到北京的时候给草发短信：
> "有一个女的，从我六点半起来到现在，一直在化妆，她以为一下车能见着毛主席啊？"
> 草回信："你看她那么久啊？"

这些都是真实的对话，也莫得好特别。但是，孜孜地把它们记下来，还整理，还传播，自己印一本，豆瓣上传一本，现在还要正式出版，可能只有邱小石邱总干得出来。

看完《荷尔蒙》，你会觉得这一家人，简直是演情景喜剧。这就对了，将生活喜剧化，是一种本领。一般人叙述自己的生活，不是得意洋洋，就是苦 B 兮兮。能将生活喜剧化的人，是因为他能从得意与苦 B 中，看出人生的荒谬感来。

天赋绝非凭空而来，《天晓得》再次证明了这个道理。这两年写家史、个人史蔚然成风，但在我看过的这些"史"里，出版的没出版的，我特别喜欢石头妈妈的这些篇什，还找石头要了几篇发在《中堂闲话》上。《天晓得》里，最打动我的是石头妈妈叙事的态度，还有记录细节的能力——果然天赋渊源有自啊。

石头妈妈当然不是讽讽，也决不无厘头。但她很会过滤生活，表达记忆。比如《工作调动》那篇，在中国长大的人都能体会（到今天我们的一生还要办一百零三个证），随便办一件正常无比的事，总会在握有权力者之间，像踢皮球一样被踢来踢去。《水浒传》里戴宗对宋江说：你就是我手里一件行货！我想中国人多多少少都当过行货。

不过石头爸爸妈妈经历过的年代更荒谬些。他们受制于严密的行政体制（你没有选择工作与居所的权利），没有人在乎两地分居想儿盼夫的苦辛（"你二十五岁就结婚了，好多人在你这个年龄还没着落"），要碰运气地等待一纸调函，可即使中了彩，这边要人，那边也同意放人，过程仍然是历经磨折，隆昌、富顺八十多里路来回跑，最后一关，却发现"领导们不知跑到哪儿去了，所幸的是学校公章在教美术的胡老师手里。可是胡老师也回自贡市乡下的家，家在哪里呢，说只有回自贡市区的王主任知道"。

但总算有了盼头，神奇的事有了神奇的解决：

> 第三天一早明熙出发去自贡顺利找到王主任问好了胡老师所在地，只知一个小地名，亏得明熙问路找到大方向径直前往，凑巧的是那位老师出门赶集，竟在路上遇见了（他们过去是认识的）。胡老师不是领导却管着公章，明熙自己为隆昌二中写了同意我调动的信件，胡老师在上面盖章，同时在我的申请函上签署同意并盖章，明熙如获至宝赶回富顺。

看到此处，我不禁要庆幸那时的中国还是熟人社会，不然一无地址，二无电话，跨县市找人岂非大海捞针？写到此处，仍不免是个人或家庭的小悲欢，更有意思的是后面一段：

> 这天下午看见李征和余策彰二位老校长，我抑制不住内心欢喜把调令给他们看，我以为他们很高兴，没想

李校长说你不要走我们想法把你爱人调过来。我一下眼泪夺眶而出，你们帮忙，你们在位时没有做到，现在权力都没有怎么可能呢？但我相信忠厚的李征校长说的是真心话。有意思的是管公章的人有权力，而我的调动是由一个普通的美术教师和一个下台的法院院长决定的。因为他们手里有公章，即官印。

调动是以喜剧收场的。石头家终于团圆。但这篇记录的意义并不因此而减弱半分。正因为它是如此平凡、个体甚至渺小，它更代表着发生在千家万户的悲喜。为了从权力的桎梏中挤出一点空隙，为了增加一点选择的自由，离合家的幸福再近一点，中国人需要付出多少的耐烦，积攒多久的人品，等待多大的运气？

作为叙事者，石头妈妈表现出了那一代人罕见的自制，没有任何的评论与引申，把思考的空间留给读者。《天晓得》十七篇文字，都是这样的写法。这种写法，反而扩大了个人史的公共性，即使是异地异代的读者，也能从文本中收获自己的感慨。

《天晓得》与《荷尔蒙》是一家三代人的生活记录，两个文本之间的映照与致意，也常常让人忍俊不禁。石头妈妈用一篇《与荷尔蒙无关》颠覆了石头的命名——如果"荷尔蒙"真是医学意义上的解释。

而按我的疏解，"荷尔蒙"可以解释为"（父母）负荷着你（指儿子）人生启蒙的责任"，这样比较符合全书的主旨，我以为。像石头写的那则《告诉儿子的事》题记：

> 真正能促使你理解个体差异，
> 是你一手调教的子女也和你意见不一致而无能为力。
> 知识之外的教育可靠性都不高，
> 顺其自然，各有各命。
> 作为父母，学会放弃。

另有一则说到石头不喜欢敢爷的某个朋友，但纠结于该不该告诉敢爷。他不仅仅是怕敢爷不高兴，更是不愿意过多干涉儿子的生活。可是不说，似乎又背离了将自以为正确的价值观灌输给儿子的责任？在中国的家庭教育环境中，这是一份可贵的纠结，因为我们看到过太多替儿女做主的父母，太多强加一己好恶于后代的父母。

与儿子的交流，要告诉儿子的事，并不止于幽默与戏谑，趣味与调侃，同样有催人泪下的艰难往事，像这一则：

> 逗的哥哥在珠海开了间广告公司，逗投奔之。
> 逗什么事情都干，给公司员工订饭、校对、出片、快递、盯印刷厂。
> 甚至，催款。

有一个生产八宝粥的客户欠了很久的钱，要不回来。

逗就到那客户家里去催。

逗从下午两点坐到晚上八点，一动不动，连厕所都
不上。

眼睛就盯着客户，客户四五岁的儿子只要出现，逗
就盯客户的儿子。

客户实在没法了，就给了钱。

郊区，天黑了，没出租车，好心的客户要送，逗不
敢，拿了钱消失在黑夜中。

猫要记住的是，如果那个客户死活硬是不给钱，就
算了。

还有自省：

逗刚开始工作的第一年，在一家生产奶制品的企业
工作。

有一家广告公司帮助策划了一个活动，说如果逗说
服企业搞这个活动，就给逗一千五百元回扣。

一千五百元！当时逗一个月的工资也就不到二百块。

活动准备前后一个月，逗紧张死了，睡不着觉。

活动当天，也算成功，但逗的心思完全飘浮在空中。

那个广告公司的人也还实在，在活动间隙的时候，
把逗拉到厕所给了逗钱。

逗再遇到同事，就不敢看对方了。事隔两天，逗就

从单位辞职了。

从此以后，逗再没干过这种事。

猫要记住的是，人性有漏洞，也应有羞耻之心。

敢爷今年十六岁了，他怎么看这本《荷尔蒙》？他能接受多少其中的微言大义？我相信石头夫妇其实没什么信心，但是，敢爷有自己的天地，形成自己的三观，这不是一件坏事。我很尊敬的一位前辈女学者说过：儿女未成年前，父母应当是一堵透明的墙，帮他们挡一些糟糕的东西，但尽量不让他们感觉墙的存在。

成年了呢？成年了父母只负责一件事：他们受伤了，接住他们。

《荷尔蒙》里也有敢爷的一些日记，还有诗。"前半生，父母养；后半生，老婆养"的"理想"或许该看成童言笑谈，比较有意思的是敢爷这则《怂蛋》：

我们做到的不应该是去适应教育体制，
我们应该试着去改变它，尽管我们可能等不到改变的那一天。
否则，当我有了孩子的时候，
当 Ta 问我有没有去尝试改变教育的时候，
我却说出一个 " 没 "，

Ta 绝对会嘲笑我，心里想着：
原来我爸是个怂蛋。
我不愿意做个怂蛋。

像不像是石头写的？有其父必有其子。

另外，还有对抚养自己长大的奶奶无底线的爱：

猫说，长大了我要找一个漂亮的老婆。
逗问，多漂亮？
猫答，目前为止，全国各地，就是奶奶。

《奶奶》
奶奶，
有漂亮的奶奶和不漂亮的奶奶，
奶奶漂不漂亮，
那就要看
是不是我的奶奶那类型的，
是，就漂亮，
不是，就不漂亮。

通过《天晓得》与《荷尔蒙》，我们能从这些记录碎片
拼出一个三代之家的家庭史、教育史，尽管它看上去满
是笑点，但笑点后面有着人生普遍的况味，泪水、欢笑、

琐细，与永恒。

我这篇序的题目来自石头、绿茶与我创办的"阅读邻居"读书会某期的题目。关于题目我们头脑风暴了好久。这个短语由我提出，由于石头的坚持而定案。石头对什么"大家小史"、"记忆小屋"通通不感兴趣，他的理由是："人人家里都有史，平淡中有厚重，未必是废话，有种怦然心动的打击力，无修饰，去门槛，想自己不曾想过的事，原来我们曾经来过。"

这句话，用来评价《天晓得》这本书，也还使得？

最后奉送一个段子：有一次我介绍一本杂志采访石头，谈他们夫妻怎么创办出读易洞这个家庭书店，也是全国知名的小书店。谈了一个上午。结束后，采访者毫不掩饰对石头的欣赏：

"我知道他已经结婚了。不过，听说他还有个哥哥，你帮我问问，有没有可能？"

简子们，这叫啥？要我说，这才是家风啊。

　　　　2014 年 2 月 26 日于"阅读邻居"所在的豆各庄